くされ縁の法則 5

情動のメタモルフォーゼ

吉原理恵子

14826

目次

口絵・本文イラスト／神葉理世

＊＊＊＊　プロローグ　＊＊＊＊

雨の土曜日、午後三時。

いつもならば、部活組の練習風景以外、ひっそりと静まり返っているはずの沙神《さがみ》高校本館校舎は妙《みょう》にざわついていた。

その元凶《げんきょう》である第三ミーティング・ルームを出てくるなり、杉本哲史《すぎもとてつし》は、

（はぁぁ……終わったぁ）

どんより深々とため息を漏《も》らした。

とにもかくにも、終わった。

――何が？

どうにも気が重かった緊急《きんきゅう》クラス会が、である。

哲史たちを吊《つる》し上げる気マンマン……臨戦態勢《バトル・モード》な保護者たちがズラリと並んだミーティング・ルームの空気は、やたら――重かった。いや……見るからに刺々《とげとげ》しかった。

昔風に言えば、実質『針のむしろ』だったかもしれない。

以前から、自分に対する一年五組の態度には相当な『偏見《へんけん》』と重度の歪《ゆが》んだ『刷り込み』が入っているとしか思えなかったが、その思い込みは、どうやら保護者にまでしっかり伝染しているようだった。

正直な話。哲史は中学までの家庭環境《かんきょう》が世間で言うところの『一般《いっぱん》的な家族』の基準から大《おお》幅《はば》に外れていたので、大人《おとな》たちが自分を見る視線にはけっこう慣れっこだった。同年代の子どものそれがリアルであからさまな感情の飛礫《つぶて》なら、大人たちのそれは慇懃《いんぎん》無礼な距離《きょり》感《かん》だったからである。

両親に忌避《きひ》されたという事実は事実だが祖父母がいたし、無い物ねだりをしてもしょうがないと思っていたから、哲史的には他人が思うほどに不幸ではなかった。まぁ、聞かれもしないのにわざわざそんなことを言って回るほど暇《ひま》でもなかったが。

しかし。ミーティング・ルームで哲史たちを待ちかまえていた者たちは、初っ端《ぱな》から好戦的な嫌悪《けんお》感に充《み》ち満ちていた。

そんなものだから。ドアを開けて一歩足を踏《ふ》み入れた瞬間《しゅんかん》、思わず気圧《けお》されてしまった哲史を見て、保護者は更《さら》に鼻息を荒《あら》くしたかもしれない。

緊張感《きんちょうかん》と押し寄《よ》せる不安感で、冷や汗脂汗《あせあぶらあせ》の垂れ流し。

身も心も尋常《じんじょう》でない雰囲《ふんい》気《き》に呑《の》まれて、気分は最低最悪。

質疑応答は、しどろもどろの醜態曝《しゅうたいさら》しまくり……。

五組の保護者にすれば、そんな光景すらもが予測の範疇《はんちゅう》。いや、自分たちの前に引き出されてくる者たちはそうでなければならない――と思っていたかもしれない。

どちらにしろ。正義の拳《こぶし》を振《ふ》り上げる権利を握《にぎ》っているのは自分たちの方だと、頑《かたく》なに信じていたようだった。

――だが。予定はあくまで未定。思い込みは身勝手な妄想《もうそう》に過ぎないことを、彼らはすぐに思い知っただろう。

そういう打たれ強さに関してはまさに筋金入りな哲史なので、

(なんだかなぁ……)

唇《くちびる》の端《はし》でため息を嚙《か》み殺すことはあっても、保護者の期待通りに変にビビリ上がるようなことはなかった。

まず、そこから齟齬《そご》が始まったのだと言えなくもない。

ジェネレーション・ギャップではなく、揺《ゆ》らがないプライドの差。小柄《こがら》な見かけからは窺《うかが》い知れない、大人の論理で簡単に丸め込まれない自意識の強靭《きょうじん》さが哲史にはあった。それで、たいていの連中は哲史の本質を読み違《ちが》えてしまうのだが。

――これなら、チョロい。

――なんだ、楽勝ッ！

そう思われること自体、哲史的には大いに不満だが。人間は視覚《ビジュアル》の生き物であるからして、持って生まれた押し出しのきかない容貌《ようぼう》&体形を今更《いまさら》あれこれ言っても始まらないし。自己主張もTPOをきちんとわきまえないとただの傍迷惑《はためいわく》……と思うくらいには、充分《じゅうぶん》、常識人な哲史だった。

本来ならば。一学年のクラス会──しかも保護者込みで、わざわざ土曜の休日を選んでのそれに、二年生の哲史は何の関係もない、あくまで部外者である。

──はずなのだが。アレやコレやで、とんだトバッチリの踏んだり蹴《け》ったり……としか言いようのない『一年五組不登校事件』のオブザーバーとして、学校側から不本意な呼び出しを喰《く》ったのだった。

ホント。

──まったく。

メンドクセーな……。

学校側の思惑《おもわく》がどうでも、つまりは、わざわざ貴重な休日を潰《つぶ》しての強制ボランティアである。いつになく、哲史の口も愚痴《ぐち》まみれになろうというものだ。

いや。不本意なのは、哲史だけではない。

いろいろ、何かとお騒《さわ》がせな幼馴染《おさななじ》み三人組（…哲史にしてみれば、そういう言い方をされることすら不本意の極《きわ》みだが）であるところの蓮城翼《れんじょうつばさ》と市村龍平《いちむらりゅうへい》はむろんのこと、単なるトバッチリを通り越して傍迷惑の極みだろう藤堂崇也《とうどうたかや》と鷹司慎吾《たかつかさしんご》の生徒会執行部《しっこうぶ》コンビも一緒《いっしょ》に……ともなれば、ある意味、壮観《そうかん》ですらあった。

自他ともに認めるパンピーな哲史を除けば、タイプの異なる美形が四人。

『ノーブル系』の翼。

『天然系』な龍平。

『ワイルド系』の藤堂。

『癒《いや》し系』な鷹司。

その上、それぞれが別方向で沙神高校を代表する実力者揃《ぞろ》いでもあるのだ。

リアルで目に麗《うるわ》しい眼福というのは、抗《あらが》いがたい魔力《まりょく》である。

百聞は一見に如《し》かず。

綺麗《きれい》なモノは、綺麗。躍動感溢《やくどうかんあふ》れる若さと美しさは時と場所を選ばず、そこに存在するだけですべからく許容されるのである。

緊急クラス会が始まる前の、突き刺さるような敵意《視線》の中にそれと知れる驚愕《きょうがく》と見慣れた賞賛がこもるのを、哲史は見逃《みのが》さなかった。

執行部コンビの上級生は別にして、超絶《ちょうぜつ》美形な俺サマと天然脱力《だつりょく》キングな幼馴染みとトライアングルな日々——三人が三人でいることに何の疑問も違和感《いわかん》もなくどっぷり馴染んでしまっている哲史にとっては、それすらもが日常の範疇ではあったが。

(だけど、けっこう早めにケリがついちゃったよな)

それこそ、思っていた以上にだ。

緊急クラス会が始まったのが、午後一時。終わったのは、三時少し前。

ひとクラス丸ごと不登校——などという前代未聞《みもん》なスキャンダルが議題だったので、もしかしなくても大荒《おおあ》れだろうという覚悟《かくご》の上のオブザーバーだったが、結果的には二時間であっけなく決着はついてしまった。

誰にとって『不都合な真実』であったのかは、別にして。一応『ケジメ』という名の区切りはついた。

哲史は、そう思っている。

反面。一学年主任の結城《ゆうき》が閉会の言葉を口にしても、誰一人として席を立とうとしなかった五組の生徒とその保護者にとっては、ひどく後味の悪い結末だったに違いない。

『茶番』

『暴言』

『卑怯者《ひきょう》』

三つのキーワードで始まる爆弾《ばくだん》発言の連発で、頭の中はグルグル状態の再起不能？　彼ら的には、何の決着にもなっていない……かもしれない。

(翼も龍平も、最初から一気に飛ばしまくってたからなぁ)

鼻息荒く先制攻撃《こうげき》を仕掛《しか》けてきたのは、命知らずな保護者《チャレンジャー》だったが。何のギア・チェンジもなしにいきなりフル・スロットルで飛ばしまくる二人に勝てる者など、どこにもいない。

「一人じゃ何もできないくせに集団で吊し上げなんて、マジ、サイテー」

「どいつもこいつも、バカ丸出し」

「一言『ゴメンナサイ』って言えてれば、こんなとこで大恥《はじ》かくこともないのに。みんな、頭悪すぎ」

「おまえらみたいな根性《こんじょう》ナシはウザイだけだから、二度と出てこなくていい。自分のガキのケツの始末もできない親バカともども、部屋の隅《すみ》で腐《くさ》れてろッ」

毒舌《どくぜつ》針千本な翼と、きっちり目の据《す》わった龍平ほど怖《こわ》いモノはない。関係者一同は、ヒシヒシとそれを実感したことだろう。

五組の保護者にとって、我が子の不登校問題は我が家の一大事かもしれないが。はっきり言って、何が真実であるのかをきっちり認識《にんしき》しているオブザーバーの上級生組にとっては傍迷惑な茶番でしかない。

過干渉《かかんしょう》を嫌《きら》う今どきの高校生が自分にとって不都合なことを親にペラペラしゃべるわけなどないから、五組の保護者をすべて、

『自分の子どもの学校生活もきちんと把握《はあく》できていないダメ親』

呼ばわりするつもりはないが。何の根拠《こんきょ》もなく、自分たちの主義主張がすんなり通る——などと思っていたのなら、ただのバカ親である。

学年違いの部外者を巻き込んで大騒《おおさわ》ぎをする前に、ちゃんとしっかり、やるべきことがあったのではないか……と思いたくもなる。

ついでに言えば。自己責任を放棄《ほうき》して安易に不登校に走る根性ナシに、哲史は同情も共感もしない。学校側の事情がどうであれ、だ。

龍平の台詞《せりふ》ではないが、

(ホント、こんな仰々《ぎょうぎょう》しいことまでやってあいつらを無理に教室に連れ戻《もど》す必要が、どこにあるわけ?)

それを思わずにはいられない。

一学年の教師陣《じん》がその手の情状酌量《しゃくりょう》を哲史たちに期待していたのだとすれば、はなはだ読みが甘《あま》すぎたのだ。翼ほど凶悪《きょうあく》に、龍平みたいに辛辣《しんらつ》にはなれなくても、筋の通らないことを笑って許せるほど哲史は軟弱《なんじゃく》ではなかった。

五組の生徒が、何を思って。

その保護者が、どこを見て。

一学年教師陣が、どんなふうに。

今日の緊急《きんきゅう》クラス会を位置付けていたのか……哲史にはわからないが。見事に外れてしまった読みの甘さの反動は、だから、とてつもなく大きかった。

(鷹司さんも藤堂さんも、まるでやる気なかったし)

哲史の思い違《ちが》いでなければ、だ。

学校側が求めていた生徒会執行部コンビの役どころは、誰が見ても、万が一の『歯止め《ストッパー》』だろう。

鷹司が哲史たちの中学の先輩《せんぱい》ということもあってか、結城としては、そこらへん諸々《もろもろ》の調整役を期待していたのかもしれない。もっとも、そんなモノを押しつけられた二人としては大迷《めい》惑《わく》だろうが。

中学時代の三人を知っていることでは、確かに、鷹司はそのあたりの事情に関しては教師陣よりもはるかに精通している。だからこそ、藤堂ともども、終始一貫《しゅうしいっかん》あくまでオブザーバーとしての基本を崩《くず》さなかった——とも言えるが。

人選を見誤ったわけではなく、わかっているようで、翼の『親バカ殺し』の真髄《しんずい》を理解していなかった。言ってしまえば、それに尽《つ》きる。

たとえ、鷹司がそのへんの事情をこっそり耳打ちしたとしても、中学時代の翼の『確信犯的な落ちこぼれ事情』を知らない教師陣は軽く笑い飛ばしただけだろう。

何といっても、翼は、特進クラスを差し置いての昨年度の新入生総代である。

それがただのフロックではない実力であることを誰も疑いもしない、美貌《びぼう》のカリスマなのである。


【触《さわ》らぬ神に祟《たた》りなし】

沙神高校の暗黙《あんもく》の不文律は、上級生組にとっては実体験に裏打ちされた生きた教訓であった。ルール違反《いはん》には、それ相応の罰則《ばっそく》が科せられる。誰もそれを疑問に思わないくらいには、認識されているということである。

むしろ、校則よりもはるかに徹底《てってい》されていると言っても過言ではないだろう。

【蓮城翼に睨《にら》まれたくなければ、杉本哲史とはトラブルな】

【杉本哲史にチョッカイを出して、市村龍平を怒《おこ》らせるな】

無知のツケは重く、無恥の代価は更に大きいのである。

(今日のことが笑い話になる日なんて、永遠に来ないだろうなぁ)

たぶん。

……きっと。

一年五組の生徒には、逆に、それくらいの開き直りが必要なのかもしれないが。すでに、負け逃《に》げの根性ナシ——というレッテルが貼《は》られてしまった連中にそれができるのか、どうか……。疑問である。

「チャッチャとカタがついて、よかったよねぇ」

ニッコリ晴れ晴れとした口調で龍平がそれを言うと、

「当然の常識だろ」

いつもの冷然とした口調で、翼が返す。

落ち込みの激しい五組の連中とは違って、やるべきことをきっちりとやり終えた翼と龍平の足取りはすこぶる軽い。

「これで、来週頭《月曜日》からはスッキリ爽《さわ》やかな気分で登校できるよね、テッちゃん」

振り返りざまの龍平は、先ほどまでの辛辣さが嘘《うそ》のような笑顔《えがお》満開である。

（やっぱ、龍平はこうでなくっちゃな）

見慣れた日常が戻ってくる。

それだけで、哲史の気分も浮上《ふじょう》してくるのだった。

「なんか、肩《かた》にどっかりのし掛《か》かってたモノがなくなって、やれやれって感じ？」

学校側が思い描《えが》いていた予想図とは、ずいぶんとかけ離《はな》れた結末かもしれないが。哲史的には、その責任の所在をきっちり明確にできただけでも、わざわざオブザーバーとして出てきた意味は充分《じゅうぶん》あったように思う。

あとは、彼らとその保護者がどういうふうにケジメをつけるか――だろう。

もっとも。このあとの成り行きには、哲史はそれほどの興味も関心もなかったが。

「帰りは、どうすんの？」

「終わったら、電話しろって言ってた」

「おじさん、迎《むか》えに来てくれるんだ？」

「どうせ、暇《ひま》だからな」

（や……それは、ちょっと違う気が……）

思っても、口には出さない哲史である。

「わぁ……。ンじゃ、今日はおじさん、俺たちのアッシー君だね」

「車も、たまに動かしてやらないとただの持ち腐れだろ」

「あ……でも、一日中おじさんが貸し切りだって知ったら、お姉ちゃん、きっと羨《うらや》ましがるだろうなぁ」

「なんで？」

「お姉ちゃん、おじさんのファンだから」

「姉貴──中年《オヤジ》好みか？」

さりげにズケズケと吐《は》きまくる翼に父親に対する愛情はあっても、夢見る乙女《おとめ》に対するデリカシーはない。

「違うよ。おじさんは『魅惑《みわく》のオジサマ』なんだよ」

「はぁ？」

「オヤジとオジサマは、ぜんぜん別物なんだってぇ」

「なんだ、それ。訳わかんねー……」

視界に馴染《なじ》んだ日常の一コマ。

ごくフツーに無駄話《むだ》をする翼と龍平の背中を見ながら、ごく自然に笑《え》みがこぼれてくる哲史だった。

＊＊＊＊　Ⅰ　＊＊＊＊

午後三時三十分。

（はぁぁ……）

シンと静まり返った第三ミーティング・ルームで、一学年主任の結城は、内心どんよりと頭を抱《かか》えていた。

一年五組保護者の強い要望を受けての緊急クラス会が閉会して、三十分が過ぎた。当然のことながら、オブザーバーとして出席していた二年生と三年生の姿はすでにない。

結城としても、このあとのスケジュール（…校長への結果報告を兼《か》ねた会議が待っている）を思えば、早々にこの場を辞したい気持ちは山々なのだが。如何《いかん》せん、神妙《しんみょう》と言うには過ぎるほどにサバサバとした顔つきで立ち去った二年生三人組と、どこか疲れ切ったような足取りで執行部《三年生》二人組がこの部屋を出て行ったきり、誰一人として席を立つ者はなかった。

（これを、私にどうしろと？）

ある者は、唇を噛《か》みしめたまま項垂《うなだ》れ。

また、ある者は、ハンカチを握《にぎ》りしめて微《かす》かに涙ぐみ。

かと思えば、ひっそりと瞠目《どうもく》したまま身じろぎもしない者もいる。

皆《みな》が皆、一様に打ちひしがれたまま立ち上がる気力さえないのだった。突《つ》き付けられた現実がそれほど重かった——というより、翼と龍平の強烈《きようれつ》な毒気に当てられて疲労困憊《ひろうこんぱい》してしまったのかもしれない。

(本当に、どうにかなるのか？　これが……)

会が始まる前のどこか殺気だった勢いは、ものの三十分もしないうちにすっかり意気消沈《いきしようちん》。いや……年長者の余裕《よゆう》をチラつかせて先制パンチを繰《く》り出したつもりが、逆に思うさま横っ面《つら》を張り飛ばされて、それから先は唖然《あぜん》・呆然《ぼうぜん》——絶句のジェットコースター。どうにかこうにか出発点《スタートライン》には戻《もど》ってこられたが、頭グラグラの酸欠状態で盛り返す気力も余裕もなくなってしまったのだ。

それは何も、当事者である生徒と保護者に限ったことではない。会の議長である結城と五組担任の緒方《おがた》は言うに及《およ》ばず、ミーティング・ルームの後方にズラリと控《ひか》えていた一学年関係者も同様だった。

今回の不登校事件は、決して五組だけの問題ではないのだ。

別件だが無関係ではない不登校者（…翼の自称《じしよう》親衛隊絡《がら》みで）を抱えている別クラスの担任もおり、興味本位では済ませられない切実な事情があった。

ある意味、本日の緊急クラス会の成り行き次第《しだい》では他クラスの不登校問題も一気にカタがついてしまうのではないか、と。そのキッカケを期待して、教師陣《じん》は固唾《かたず》を呑んで話の展開を凝《ぎょう》視《し》していたのだった。

少なくとも、二年生三人組《トリオ》にまったく免疫《めんえき》がない保護者とは違い、教師陣にはそれなりの自覚と相応の心構えがあった。

——はずなのだが。

いざ蓋《ふた》を開けてみれば、予想をはるかに上回る翼の凶悪《きょうあく》さにクラクラと目眩《めまい》がし。龍平の予想外ともいえる憤激《ふんげき》の根深さを痛感させられて狼狽《うろた》えて、横から口を挟《はさ》む暇などまったくなかった。更には、頼《たの》みのブレーキ役の哲史すらも何の役にも立たなかった。

いや……。

普段《ふだん》の控えめな生活態度からは考えられないような発言が哲史の口から飛び出し、果ては、逆ギレのアクセル踏《ふ》みまくり状態だったと言っても過言ではない。

——杉本、おまえもか……。

——それって、おまえ……詐欺《さぎ》だろう。

口に出さないまでも、どんよりとため息を呑んだ者は多かろう。

その上。執行部コンビは意見を求められたとき以外は真実以外の何も述べず、あとはひたすら静観だった。まさに、オブザーバーの鑑《かがみ》……であった。

二学年主任の深見《ふかみ》からは、事前に、

「たぶん、杉本君がいれば大丈夫《だいじょうぶ》でしょう。彼は、見た目よりもはるかに肝《きも》が据《す》わっていますから。保護者が派手に暴走でもしない限り、最悪なことにはならないのでは？」

そんなふうに言われていたのだが。保護者は暴走する前に、派手に蹴躓《けつまず》いてしまった。肝心《かんじん》のストッパー役までキレてしまっては、何をか言わんや……である。

もっとも、その深見のサジェスチョンには意味ありげな前振りがあって。

「まぁ、蓮城君の父親には、大人の論理であの三人を簡単に丸め込めるなどとは思わない方がいい……とは忠告されましたがね」

それは忠告ではなく、体《てい》のいい責任問題のすり替《か》えではなかろうか。

深見と父親の間でどういう会話が為《な》されたのかは知らないが、もしかして、丸め込まれたのは深見の方ではないのか。聞くところによれば、蓮城翼の父親は弁舌《べんぜつ》の立つ弁護士であるらしいので。

「彼らは――特に蓮城君は、子どもの喧嘩《けんか》に平然としゃしゃり出てくるバカな親が大嫌いだそうですから」

売られた喧嘩は三倍返し――を公言する実行力は、ある意味、賞賛に値《あたい》する。むろん、それはあくまで、対岸の火事であれば……の話だ。

しかし。ただの暴力よりも数段タチの悪い毒舌活劇を目《ま》の当たりにした今となっては、深見の言葉も心臓にズクズク突き刺さるばかりだった。

一応、緊急クラス会としての決着は見たが。正直なところ、あれを『決着』と言いきってしまっていいものか……。結城自身、大いに悩《なや》むところではある。

何しろ、話し合いの『オチ』すら見つからなかったのだから。

保護者にしてみれば、まったく想定外の不意打ちも同然だったことは明白である。

つまりは、家庭における真実の疎通《そつう》はまるでなかった――わけで。我が子ともども平然と面《めん》罵《ば》されたショックと痛憤《つうふん》を真摯《しんし》に受け止めて心から納得《なっとく》している者がどれくらいいるのか――はなはだ怪《あや》しい。

言葉は悪いが。喉元《のどもと》を過ぎれば何とやら……で、この問題がまたぞろ別の形で再燃するのではないかと。結城の頭からは、その疑念が去らない。

我が子の教育としてその資金を学校運営に投資する保護者は、謂《い》わば、一種の圧力団体である。その発言力は無視できない。できないからこその、今回の緊急クラス会であったのだが。

彼らが思い描いていた結末とはまったく別物になってしまったことは、想像に難《かた》くない。

その責任の所在を明確に自覚できている保護者が、果たして何人いるのか。それを思うと、実に頭の痛い結城であった。

あったことは、なかったことにはできない。

当然の真理である。

——が。突き付けられた事実が疑いようのない現実であっても、頭で理解できることと感情は別物である。

見かけが子どもだからと侮《あなど》っていては、思わぬ痛い目を見る。教育者として、日々、それを実感しないではいられない。

ましてや、この一年半。哲史絡みでは、凝《こ》り固まった『常識』の壁《かべ》にボコボコ風穴が開く現実を痛感させられたことでもあるし。

今までは、そのフォローをするのは二学年主任である深見の役回りであった。だが、これからは……。

（はぁぁ………）

ため息が、止まらない。

隣《となり》の席に座ったままの緒方も、いいかげん尻《しり》が落ち着かないのか。先ほどから、やたら腕時計《時間》を気にしている。

このまま、ここで無駄に時間を潰すのもそろそろ限界。それを思って、

「あー、皆さん。時間も時間ですので、そろそろ……」

結城が口を開いた——とたん。

「もう……ダメだ。カンペキ……嫌《きら》われた」

掠《かす》れた声で、高山《たかやま》がボソリと漏らした。まるで、不穏《ふおん》に静まり返った場を逆撫《さかな》でするかのよ

うに。

「蓮城さん、スゲー怒《おこ》ってる……」

すべての視線が、一斉《いっせい》に弾《はじ》かれたように高山に集中する。そんなことはまったく眼中にもない素振《そぶ》りで、

「学校休んでる間、俺……。俺……杉本先輩にどうやって謝ろうかって……考えてた」

高山はひとりごちる。誰を意識するでもなく、胸に抱えたモノを吐露するように。親にも言えなかった真実が暴露《ばくろ》されて、秘密はもはや高山だけの秘密ではなくなってしまった。そうすると、心の中にあった重い枷《かせ》が消え失《う》せて、滞《とどこお》っていたモノが喉奥《のどおく》から一気に込み上げてきた。

「でも……だけど、一人じゃ何をする度胸もなくて……。だから大島《おおしま》たちともメールで話し合って、みんなで……みんなで、ちゃんと謝ろうって――決めたのに」

震《ふる》える唇を、ギリと噛みしめる。

「なんで……だよ。どうして――こんなことになるんだよ」

苦渋《くじゅう》に眉間《みけん》を歪め。

「俺は、何も言ってない。俺は――杉本先輩のことなんか……ひとっことも告げ口なんかしてない」

双眸《そうぼう》を潤《うる》ませる。

「なのに、蓮城さんにまでチクリ魔《ま》の大嘘《おおうそ》つきだって……思われた」

なくなってしまった枷とは別の重石《おもし》が、ズンと肩にのし掛かってくる。

ひどく、重い。

それは……ただの錯覚《さっかく》ではないリアルな重さだった。

「カンペキに、嫌われた」

鼻水を啜《すす》り。

「なんでだよ……」

声を詰《つ》まらせ。

「どうすりゃ……いいんだよ」

——忍《しの》び泣く。

そして。キリキリに張り詰めたモノがプッツリ切れてしまったように、

「俺は、どうしようもない根性ナシのビビリ野郎《やろう》かもしんないけど……。でも、大嘘つきのチクリ魔じゃない。チクリ魔なんかじゃないンだッ」

吐き捨てる。

確かに、自分はバカで鼻持ちならないサイテーのビビリ野郎かもしれないが、嘘は言ってない。なのに、哲史に名指しでチクリ魔呼ばわりをされた。それがキッカケになって翼の激怒《げきど》まで買ってしまったことが、一番ショックな高山だった。

あの日、翼に冷たい眼差《まなざ》しでシバき倒《たお》されて。実際にブレザーで叩かれたのはリーダー格の佐伯《さえき》だったが。その衝撃《しょうげき》度は、素手《すで》で殴《なぐ》りつけられたのも同然だった。

誰にも熱くならない、美貌のカリスマ。

なのに、本館校舎にまで乗り込んできた。自分をダシにして哲史に因縁《いんねん》を吹《ふ》っかけ怪我《けが》までさせたことは、絶対に許せないことなのだと。

その言葉が痛くて、足が竦《すく》んだ。

シバき倒されたショックで、震え上がった。

自分たちのやったことがどんなに卑劣《ひれつ》だったかを猛省《もうせい》することより、その事実が生徒会執行部にまで筒抜《つつぬ》けになってしまったことにビビリ上がってしまったのだ。

サブバッグで哲史の顔面を殴ったのは佐伯だが。その場にいた者は皆、暴行事件の加害者も同然だと言われて、頭の中が真っ白になってしまった。

生徒会執行部から担任へ連絡《れんらく》が行き、そういうバカをしでかしてしまったことを親に知られるのが怖《こわ》くて……。

だから――逃《に》げた。不登校という安易な逃げ道に。

バカだった。

本当に、大バカだった。

今なら、それがよくわかる。あのときには見えなかったモノが――目を逸《そ》らして見ようともしなかったことが、よく見える。

部屋に閉じこもって頭が冷えてくると、自分がいかにド阿呆《あほう》の大バカだったのかが見えてきて、どっぷり落ち込んだ。

けれども。一度捲《まく》ってしまった尻《ケツ》の後始末をどうすればいいのか、わからなかった。

親は、うるさくゴチャゴチャと言うし。何より、やってしまったことはどんなに後悔《こうかい》してもチャラにはできないのだと思うと、それだけでヤサグレた気分になった。

すべてをリセットするには、勇気が要《い》る。

安易に逃げてしまった分、負荷《ふか》は大きい。

今更、何をやっても同じではないのかと。チャチでちっぽけなプライドが邪魔《じゃま》をする。

それ以上に、自分を取り巻く周囲の視線がやたら気になってしょうがなかった。

自分たちとは違って、一日も休まず登校し続けている佐伯には根性がある。それでも、やってしまったことに対する風当たりは相当にひどい――とか。それにも増して、根性ナシの自分たちは完璧に恥曝《はじさら》しの全校の笑いモノ――だとか。大島とのメールのやりとりで、そんな噂《うわさ》が耳に入ってきて……ますます滅入《めい》った。

やるべきことは、ひとつしかないのに。やるべきことをやらない限り、惨《みじ》めな負け犬と笑われ続ける。

だが。やるべきことがわかっていても、恥《はじ》の上塗《うわぬ》りをするだけの勇気がなかった。本当にもう、自分で自分が情けなくなるほどに。

そして、ダラダラと時間だけが過ぎていき。それでも、どうにかこうにか、ようやく一歩を踏《ふ》み出すための腹が決まったとき、寝耳《ねみみ》に水の『緊急《きんきゅう》クラス会』などという最悪なシナリオが高山を待ちかまえていたのだった。

「浩士《こうじ》。今度の土曜日、五組の緊急クラス会をやることになったから。ちゃんと、きっちり、ケリを付けるわよ」

最初、妙に気合いの入った母親からそれを聞かされたとき。高山は、いったい何の冗談かと思わず自分の耳を疑った。けれども、それがただの『ジョーク』でもなければタチの悪い『ドッキリ』でもないと知って、顔面どころか背骨まで引きつった。

ダメだ。

イヤだ。

——出たくない。

せっかくの決心が萎《な》えてしぼんで、逆に、心臓がバクバクになった。

結局、母親に急《せ》かされて第三ミーティング・ルームまで引き摺《ず》られては来たが。案の定、状況《じょうきょう》は更に悪くなった。

根性ナシのビビリ野郎の上に、大嘘つきのチクリ魔のレッテルまで貼《は》られてしまった。

——最悪である。

もう、ダメだと思った。翼の中で、自分は完璧な卑怯者に成り下がってしまったのだと思ったら、身体《からだ》中が震えて止まらなかった。

たとえ、それが自業自得《じごう》の代償《だいしょう》だったとしても、ほかの誰でもない、翼にまでそんな目で見られてしまうことが最悪に痛かった。

自分の愚《おろ》かさを素直《すなお》に認めて、きちんと謝る。滞ってしまった日常をリセットするためになけなしの根性を振り絞るつもりが、そのチャンスさえなくなってしまった。

気持ちがプッツリ切れて、すべてが宙ぶらりん……。

どうする？

——どうなる？

何とも言いがたい絶望感に、目眩《めまい》がしそうだった。

いったい、何を。

どうすれば……いい？

その、憔悴《しょうすい》感にも似た気持ちをどこかに——何かにぶつけてしまわなければ、本当にズクズクになってしまいそうな気がして。

「なんで……よけいなことをすんだよッ。誰が、杉本先輩を卑怯者呼ばわりの吊し上げにしてくれなんて頼んだよッ！」

鼻水を啜り上げざま、高山は裏返った声でクラスメートを睨《にら》み回した。今の今、高山には、誰かを詰《なじ》ることでしか心のバランスを取ることができなかった。

すると。室内は先ほどまでとは質の違う緊迫感《きんぱくかん》を孕《はら》んで不穏《ふおん》に、不気味に静まり返ってしまった。

「だって……。だって、あたしたちは……」

「そうよ。高山君のためにッ」

「そうだよ」

「俺たちは、おまえにクラスに戻ってもらいたくて……」

「だから、杉本先輩に……」

「みんな、おまえのことが心配だったんだ」

「高山君のためだったのよ」

思いがけない高山の辛辣《しんらつ》さに煽《あお》られて次々に上がるそれが、すでに、虚《むな》しい言い訳にすぎないことは明白だった。そんなことは、皆、わかっている。

『俺をダシにして哲史に因縁吹っかけて怪我させた奴をシバき倒すのは、俺の当然の権利なんだよ。そういうバカは、利子を付けて三倍返し。当然の常識に決まってんだろうが。だから、哲史を吊し上げにして卑怯者呼ばわりしやがったおまえらも同罪なんだよ』

予想もしていなかった翼の糾弾《きゅうだん》が、すべてを物語っている。

ただ……。

それでもッ。

自分たちの行為《こうい》は、純粋《じゅんすい》な好意から出たものに違いはないのだ。それがたまたま、言葉の行き違いの果てに失言・暴言になってしまっただけで。その気持ちだけは、嘘偽《うそいつわ》りのないモノだった。

誓《ちか》ってもいい。

――なのに。

誰も彼もが、結果論だけで自分たちを非難する。

バカ、だ。

ド阿呆、だ。

学習能力なさすぎ――だと。

そこに至るまでの自分たちの真摯《しんし》な気持ちを無視して、クラスメートとしての連帯感と熱意を後ろ指で嘲《あざけ》り倒《たお》す。

確かに、自分たちは無知だった。この沙神高校に『暗黙《あんもく》の不文律』などというモノがあることさえ知らなかったのだから。

ただのパンピーにしか見えない『杉本哲史』に、そんな大層な付加価値があるとは思いもしなかった。

正直な本音を言わせてもらえば、あの哲史のどこにそんな『価値』があるのか、今もってよくわからない。

けれども。そんなルールがあることを教えてもくれなかった上級生に、自分たちを非難して笑いモノにする権利があるのか？

――ないはずだ。

だって、それはフェアじゃない。

ジョーカーを隠《かく》して、それを後出しにしてあれこれ言うのは――フェアじゃない。

――ズルイッ。

――キタナイッ。

――サイテーだ。

結果的に、アプローチの仕方が悪かったことは認める。熱意が高じて多勢に無勢の吊し上げになってしまったのは、確かにマズかった。

翼に『クソバカ』と決めつけられたときには、マジで身体が竦んだ。

哲史に『正義感気取りのエーカッコしぃ』と言われるのは不本意の極《きわ》みだが、今となっては返す言葉もない。

だから。龍平に『マジ、サイテー』呼ばわりされても、それはそれでしょうがないのかもしれない。

――だが。

それは、あくまで、あの三人だからだ。何の関係もない上級生に、自分たちをバカにする資格などないはずだ。

高山のために、クラスメートとして自分たちにできることをしよう。そう思った気持ちまで蔑《ないがし》ろにされるのは、我慢《がまん》できない。

そんなことは、容認《ようにん》できない。

ましてや。高山本人にまで否定されてしまっては、自分たちの立つ瀬《せ》がない。その一言で、自分たちのやったことがすべて無意味になってしまうではないか。

高山に感謝されたくてやったことではない。自分たちはただ、クラスメートとして不当なことを見過ごしにはしたくないと思っただけだ。

なのに。

――どうして。

皆は、自分たちの気持ちをバカにして笑いモノにするのか？

高山本人でさえ……わかってくれない。

それを思うと。一年五組の生徒たちの心は、別の意味で、どうしようもなくムラムラとざわめいてくるのだった。

＊＊＊＊　II　＊＊＊＊

前日の雨模様とは打って変わって、すこぶる快晴な日曜日。

夏のインターハイ予選の前哨戦《ぜんしょうせん》とも言われる、男子バスケットの県内選抜《せんばつ》大会。

その会場である手塚《てづか》総合体育館は、朝イチの試合が始まる頃《ころ》にはすでに、満員御礼《おんれい》の盛況《せいきょう》ぶりだった。

会場に詰めかけた熱心なファンが、今まさに、相手ディフェンスを振り切って豪快《ごうかい》なアリウープを決めた龍平に――どよめく。

「スゲー……」

「市村、かんぺき」

「ジャスト・タイミングだぜ」

野太い歓声《かんせい》と。

「キャーッ♡」

「ステキ〜〜〜ッ！♡♡」

「龍平くぅぅんッ！♡♡」

派手に飛び交《か》うピンク色の嬌声《きょうせい》。

コートの中では、沙神高校エースの期待を背負った龍平がひときわ輝《かがや》いている。

シード校のプライドと実力を見せつけるように二十点の大量リードのまま、前半戦が終わって。大きく息を弾《はず》ませながら自陣《じじん》に戻ってきた沙神高レギュラー陣を満面の笑《え》みで迎《むか》え入れ、テキパキとドリンクとタオルを手渡《てわた》しながら、江上《えがみ》たち二年部員は今更のようにホッと胸を撫《な》で下ろす。

「市村、絶好調だよな」

「ホント、ホント」

「昨日が昨日だったたし。俺的には、ちょっと不安もあったけど……」

「どうだったか……なんて、まさか、試合が始まる前にゃ聞けねーしな？」

だから、例の『緊急クラス会』の成り行きとその結末である。

その話を耳にしたとき、主将の黒崎《くろさき》を筆頭に男子バスケ部としては、

『大事な試合の前日に、わざわざそんなモノをやるなよ。バカヤローッ』

……だったりするが。逆に、翼が突き付けた条件を知ったときには、超ブッたまげ――というよりはむしろ、

『やっぱ、蓮城に常識は当てはまらないぜ』

どっぷり深々とため息しか漏れなかった。

それを呑まざるを得なかった学校側の苦渋の選択も、その舞台裏《ぶたい》を知ってしまえば、なんだかなぁ……と言うしかない。

まったく。超天然的言動で予測不能なことをやらかすのと、確信犯としか思えないことをしでかすのとでは、エライ違いである。

前者の場合は『まぁ、しょうがねーかぁ』くらいで済むが、後者の場合はただひたすら心臓に悪い。だから、きっと。一年五組の保護者たちは、あの三人組をオブザーバーに呼んだことをたっぷりと後悔したはずである。

さすがに、親子でドツボはマズイのではないかと。そうは思っても、誰も同情などしないに決まっているが。

「けど、まぁ。これでスッキリとカタがついちまったら、何の文句もねーよ」

江上の言葉に、他《ほか》のメンバーはひたすらコクコクと頷《うなず》く。

何にせよ。一年五組の不登校問題にきっぱりケリがついてしまうのなら、男子バスケ部としては万々歳である。女子部の方は、まぁ、いろいろ大変だろうが。

それでも。さすがに、まったく何の問題がないわけでもない。

「でも、一年の奴ら、市村とはいまだにまともに視線を合わせねーぞ」

「そりゃ、当分ドツボだろ」

「あんだけ、くっきり、はっきり吐き捨てちまったからなぁ」

「市村的には、どうよ？」

「や……それを俺に聞かれてもなぁ」

「——だよなぁ」

「当然の常識だろ。市村のユルユルに弛《ゆる》みきった表情筋を正確に読み取れる豪傑《ごうけつ》つったら、杉本しかいねーじゃん」

それは男子バスケ部の常識ではなく、沙神高校の基本の『基』でもある。

だが。懇切丁寧《こんせつていねい》にそれを教えてやったにもかかわらず、左耳から右耳へとスルーしやがったバカヤローどもがいる。

そんな男子バスケ部のシコリの元凶《げんきょう》——と言えば、決まっている。いまだに尾《お》を引く『ロッカー裏事件』である。

江上たちにとっても、思い出すだけで冷や汗《あせ》タラリ……だ。

まるで哲史を狙《ねら》い打ちしたかのような二件の不登校事件に関して、本館《一年生》と新館《上級生》との温度差はくっきりと明快で、江上たちとしても常々それを実感しないではいられなかったわけだが。まさか、同じクラブの一年部員までもがあんなところで赤裸々《せきらら》な本音を吐きまくって盛大な墓穴《ぼけつ》を掘《ほ》ってしまうとは……夢にも思っていなかった。

挙げ句に、いつものまったり感が抜けてしまった寒々しい声で、

「俺、マジで、今年の一年……嫌《きら》いになりそう」

龍平にそんなことを言われたら、そりゃあ、顔面蒼白《そうはく》にもなるだろう。

実際。その日の部活の一年ときたら心ここにあらず——ズタボロ状態で。

「こらぁ、一年ッ。おまえら、やる気あんのかぁッ！　真剣《しんけん》にやる気がないんなら、コートから出ろッ！　邪魔《じゃま》だッ」

当然のことのように、黒崎のドデカい雷《かみなり》が落ちた。それで、ちょっとは気も引き締《し》まるかと思ったら、それ以前の問題だった。

——いや。問題なのは一年部員だけではなく、部活の中休みの龍平こそがチョー問題アリアリの張本人だったのだが。

二十分の休憩《きゅうけい》時間。みっちりとハードな練習メニューにそこら中でへたりきっている者たちを尻目《しりめ》に、たいした疲労《ひろう》感《かん》も見せず、クーラーボックスからスポーツ飲料を取り出して一気飲みした龍平は、

「はぁぁ……生き返った気分」

一言、漏らすと。流れる汗をタオルでガシガシと拭《ぬぐ》い、

「さて、とぉ。水分補給はしたし、ンじゃ、ちょっと行ってみようかなぁ」

などと、言い出したのだ。

行くって……どこに？

トイレに小便？

――違う。

二階で部活をやっている女子バスケ部に、だ。

ロッカー裏で墓穴を掘った一年が、哲史を吊し上げにして卑怯者呼ばわりをしたのが女子部の一年だと口を滑《すべ》らせて。その場に居合わせた江上たちは、

（えーッ）

（マジかよ？）

（そりゃ、ヤバイだろぉ）

（絶対に血の雨が降るぞ）

内心、パニクった。そんな江上たちの心臓を更に鷲摑《わしづか》みにするように、

「どうせ、ツッくんにもバレちゃうに決まってるから。そんときに、同じバスケ部なのに何も知らないじゃ困るしね」

だから、その張本人の顔を見に行く――ようなことまで言い出して。

それが、ただの『ついで』でも『オマケ』の気紛《きまぐ》れでもないことは、江上たちにもよぉぉく わかっていたのだが。まさか、さっきの今で即《そく》実行……だとは思ってもみなかった。

――焦《あせ》った。

本当に、マジで慌《あわ》てふためき。江上たちは我先にと立ち上がって、

「ちょっと、待てッ」

「女子部は、マズイ」

「今は——ヤバイ」

「とにかく、止めとけ」

すでに行く気マンマンな龍平を必死で押しとどめたのだった。

今ここで、女子部に押しかけるのは絶対に——マズイ。

「なんで？　ちょこっと、行ってくるだけだって」

いつもの口調で、龍平は何でもないことのようにそれを口にしたが。天然脱力キングの『ちょこっと』は、パンピーが思っている常識的範疇《はんちゅう》の『ちょこっと』とは『ちょこっと』の意味も質も違う。それが、哲史絡みであれば、なおさらに。

そんな龍平が今の今、女子部に行くのは絶対にヤバイのはわかりきったことで。

そこに黒崎がやってこなければ、本当に、どうなっていたことやら……。

「市村……。おまえ、頼《たの》むから、これ以上、事をややこしくすんなって」

ため息まじりの黒崎の声は、男子バスケ部主将としての苦渋に充《み》ち満ちていた。実はそのことで、黒崎自身、女子部主将の白河《しらかわ》と一悶着《ひともんちゃく》あった——らしい。

傍目《はため》には『美女と野獣《やじゆう》』などと言われているバスケ部主将同士が顔を突き合わせて密談をやっている様は、そりゃあ悪目立ちもいいところだったろう。

「俺、テッちゃんを卑怯者呼ばわりした奴の顔、ちゃんと見ておきたいだけなんだけど。……ダメ？」

まったり感の薄れかけた声でお願いされても、怖《こわ》いだけである。それはもう、背中にうっすらと冷や汗が滲《にじ》み出るほどに。

もし、あのとき。女子部の噂《うわさ》の一年部員が部活に出ていたら、龍平は絶対に引かなかっただろう。そうすれば、男子部と女子部の間に深々と亀裂《きれつ》が入ったも同然……。

自分をダシにして哲史に因縁を吹っかけたバカには三倍返し。平然とそれを公言しているのは、凶悪ブラック大魔王《だいまおう》な翼だが。有言実行を信条としているだけで、実は龍平も同じだ。

ただ、何をやるにしても翼の方がド派手に悪目立ちをしているだけで、それを思えば、マジギレになったときのインパクト度ははるかに龍平の方が大きい。たとえ相手が部活の先輩でも、それが主将の黒崎であったとしても、本マジのスイッチが入った龍平を止めることなどできなかっただろう。

それができるのは、唯一《ゆいいつ》、哲史だけだ。哲史だけが、龍平の暴走を止められるコントローラーなのだ。

江上たちとしてもこの一年、だてに龍平とチームメートをやってきたわけではない。まして や男子部の上級生部員は、去年、イヤと言うほどそれを実体験させられて身に沁《し》みている。

だからこその『バスケ部の鉄則』なるモノが存在するわけで。それをただのお題目としてしか認知《にんち》できていないから、男子部の一年部員は痛い墓穴を掘るハメになり、女子部の新人はバスケ部を辞《や》めるの辞めないのと大騒《おおさわ》ぎをすることになるのだ。

まぁ、そのことに関しては、いくら経験値が足りないからといって、江上たちの目から見ればただのバカヤローとしか言えなかったが。

「なんだ。そっかぁ……。部活に出てきてないんだ？　俺、言い訳くらいなら聞いてやろうかと思ってたのに。やっぱ、群れないと何もできない根性ナシだったんだ？　どこかのバカと同じだね」

龍平がそんな恐《おそ》ろしげな台詞をサラリと口にした——とたん。なぜか、一年部員が猛烈《もうれつ》な勢いでダッシュしてきて。いったい何事かと、半ば啞然とする江上たちの目の前で、

「市村先輩ッ。申し訳ありませんでしたぁッ！」

きっちり深々と頭を下げたのだった。

おい。

おい……。

おい………。

いきなりのパフォーマンスに江上たちは思わず片頰《かたほお》が引きつりそうになったが、その切実な心情は理解できた。

なにせ。龍平は、悪いことをして素直《すなお》に『ゴメンの言えない奴』は根性ナシの更にその上を

行く大バカヤロー——だと、思いっきり公言してしまったわけだし。暴言・失言をカマした一年部員としては、憧《あこが》れの先輩に軽蔑《けいべつ》されたままでいることは何よりも耐《た》え難《がた》いことだったに違いない。

そんなものだから。あくまでイチ部外者にすぎない江上たちは、

（おまえら、ようやくわかってきたじゃねーか）

（そうそう。五組の奴らの二の舞《まい》にならずにすんで、よかったじゃん）

（ようやっと、学習能力付いてきやがった）

（どうなることかと思ったけど。これ以上大事にならなくて、ホント、よかったぜ）

内心、どっぷりとため息をついた。

が——しかし。許せないことにはとことんシビアな龍平は、普段の脱力キングぶりからは想像もつかないほど辛辣だった。

「みんなして——何？」

口調は荒くも刺々しくもないのに、まったく目が笑っていなかった。

とにもかくにも、謝ればすべてをチャラにできる……などと、タカを括っていたわけではないだろうが。それでも、今まで自分たちが見てきた『市村龍平』というイメージからは脱却《だっきゃく》できないらしい一年部員たちは、

『何？』

——と、問われて。その意味がまったく理解不能なのか、誰とはなしに互《たが》いの顔を見合わせて当惑《とうわく》しているだけだった。

実のところ、江上たちも、龍平が何を言いたいのかわからなかった。

龍平が『怒っている』らしいことはわかるが、深く静かに怒っているらしいその矛先《ほこさき》がどこに向いているのか……わからなかったのだ。

「何が『すみません』……なの？」

ゆったりと問いかける龍平の声音《トーン》が強《こわ》い。

声量がトーンダウンするのではなく、普段の声質からまったり感が抜けるだけで龍平はまったくの別人である。

ただ怖いのではなく、脇腹が意味もなく引きつれてしまうほど畏《こわ》い……のだ。それは、大魔神《だいまじん》に変身した龍平とは別の怖さがあった。

「市村。そんな底意地の悪いこと、言うなって。こいつらだって、充分《じゅうぶん》反省してるんだから。……そうだな？　おまえらッ」

言葉もなく固まってしまった一年部員の代わりに、黒崎が取りなす。

「はいッ！」

一糸の乱れもなく、直立不動で一年部員が声を揃《そろ》える。その声は、どうにもこうにも硬《かた》く強ばってはいたが。

部活が始まって、すぐ、一年部員がドツボに嵌《は》まっている原因を聞かれて。黒崎には、ロッカー裏での一件はすでに報告済みだった。

黒崎にしてみれば、これ以上の厄介事《やっかい》はマジで勘弁《かんべん》してもらいたいと思っているのがミエミエで。だから、ある意味、この件に関しては主将の権限でもってオチをつけてしまいたかったのだろう。

一年部員が露骨《ろこつ》にホッとしているのがわかる。むろん、江上たち二年部員も……だが。

けれども。

「だって、俺、わかんないし」

龍平の声の平坦《へいたん》さは変わらなかった。

「わからないって……何が?」

「一年が、どうして俺に謝ってるのかが」

つまらない屁理屈《へりくつ》をこね回しているのではない。真剣にそう思っているのがわかるから、江上たちはよけいな口を挟《はさ》めなかった。

「何を、どう、反省してるのかなって」

問い詰める舌鋒《ぜっぽう》は淡々《たんたん》としているのに、視線だけが——強い。

嘘も。

建前も。

その場しのぎのごまかしも。

──許さない。

そんな怖いくらいに澄《す》んだ目で凝視されたら、タマも縮み上がる。

この一件に関しては何の疚《やま》しさもない江上ですらそうなのだから、スネにいっぱい傷を持つ一年部員たちは、まさに戦々恐々《せんせんきようきよう》だったろう。

「だから……その、さっき……部室で……」

「あの……いろいろ、変なこと……言った、から……」

ダラダラと脂汗を垂れ流しにして、ぎくしゃくとしどろもどろにしか答えることができない一年部員は、まるでヘビに睨《にら》まれたカエルだった。

しかし。そんな不様さを笑える者など、ただの一人もいなかった。

「いろいろっていうのは、テッちゃんのせいで高山とかいう奴が不登校になってるとか。同じ中学出身だから、鷹司さんがヒイキしてるとか。パンピーなテッちゃんがすごいコネ持ってるとか。ツッくんに仕返し頼むのは、セコイとか。そんなツッくんに幻滅《げんめつ》したとか。……そういうこと？」

ロッカー裏での一件を深々と根に持っているとしか思えない、記憶力だった。墓穴掘りの暴言・失言をそこまできっちり羅列《られつ》されると、それだけでもう、一年部員は声もなく項垂《うなだ》れるしかない。

「——で？　俺に、何を謝りたいの？」

容赦《ようしゃ》なく詰問《きつもん》されて、一年部員は、もう何をどうすればいいのか……わからなくなってしまったのだろう。

「だから……すみませんでしたッ！」

一人が声を張り上げて深々と頭を下げると、残りの部員も、きっちり声を揃えて、倣《なら》う。

「すみませんでしたぁッ！」

だが。

なぜか。それは、龍平の怒りを更に煽っただけだった。

「——腹立つなぁ」

「おい、市村……」

さすがにたまりかねて、思わず江上が声をかけると。

「だって、こいつら、とりあえず謝っとけばいい……とか思ってるのがミエミエだし」

それでようやく、龍平の怒りの矛先がどこに——何に向いているのかがわかった。

「だいたい、何のために俺に謝るわけ？　こいつらがズケズケ言ってたのはテッちゃんとツックんと鷹司さんのことで、俺は何も悪口なんか言われてない。なのに、こいつらは、俺に『スミマセン』って言ってるんだよ？　おかしいじゃない」

正論は、容赦なく真実を突《つ》き刺《さ》す。

言われてみれば、まったくその通りなのだが。龍平にそれを指摘《してき》されるまで、その場にいた者は皆、それがおかしいとさえ感じていなかったのだ。

それに気付いて、江上たちは背中にドッと冷や汗をかいた。ただの傍観《ぼうかん》者だと思っていた自分たちですら、一年部員とは紙一重《かみひとえ》なのだと思い知らされて。

「こいつらは、自分の言ったことが悪い……とか反省してるわけじゃなくて、そういうくだらない陰口《かげぐち》を叩《たた》いてるのが俺にバレちゃったのがマズイって、思ってるだけなんだよ」

痛すぎる現実だ。誰一人として、何の反論もできないのだから……。

「バレなきゃ何を言っても大丈夫……とか思ってるのなら、場所くらい選べばいいのに。そしたら、誰も不愉快《ふゆかい》な思いをすることもないんだし」

ほかの誰かがそれを口にしても、こうも心臓にズクズクくることはないだろう。

決して声を荒げているわけではないのに——痛い。

龍平の曇《くも》りのない双眸《そうぼう》に曝《さら》されているだけで、すごく……痛い。

「そういうこともできない能無しに口先だけで謝られたって、よけいにムカックだけだって言ってンの」

ピシャリと放たれた言葉が、重い。

「陰口って、言った本人が忘れてるつもりでも、いつか巡《めぐ》り巡って自分に撥ね返ってくるモンなんだってさ。昔、テッちゃんのおばあちゃんがそう言ってた。言葉には善悪の神様が宿っていて、だから、自分で言った言葉はちゃんと自分で責任持たなきゃダメなんだって。おまえら——持ってるの？」

冗談にできない沈黙が、重い。

——痛い。

「持ってないだろ。だから、平気で人の悪口なんか言えるんだよ。人の良いところを探して褒《ほ》めることより、人の悪口を言う方が簡単で楽だから。だから、その場のノリで何でも言えちゃうんだよ」

ことさらに静かなトーンが、心臓を鷲摑みにする。

「今更、俺に謝ったって何の得にもならないんだから。だったら、その意味くらい、ちゃんと考えてみれば？」

天然脱力キングの柔《やわ》らかな笑顔の真髄《しんずい》を、誰もが思い知った瞬間だった。

結局。

そのあと。

一年部員は揃いも揃って大泣きに泣き崩《くず》れて、まったく使い物にならなかったのだ。

いや……心臓がズクズク痛かったのは、江上も同じだったが。男が人前で恥も外聞もなく号泣する様を、江上は初めて見た。

それを、格好悪いとか思う心の余裕《よゆう》すらなかった。自分の中にある傲慢《ごうまん》を痛打されたような気がして。

今、現在。一年部員はいまだに龍平の顔を直視できない――らしい。それも、なんだかなぁ……とは思うが、今のところ、江上たちは静観を決め込んでいる。

ここまできたら、本人たちのケジメの付け方の問題だけだろうし。

それでも。

逆説的に言えば、男子バスケ部の一年部員はけっこうラッキーだったのではなかろうか。

そりゃあ、やってしまったことはバカヤローな墓穴だったが、龍平にガッガッやられて醜《しゅう》態《たい》を曝したせいで、自分たちの何が――どこが間違っているのか、きっちりと自覚できて。それで、ちゃんと真面目に猛省《もうせい》するチャンスももらえた。

普通、そこまできっちりアフター・サービスが付いていることは滅多《めった》にない。翼など、容赦なく三倍返しはやってもあとのフォローなど絶対にしないだろうし。

何もかも、龍平が計算ずくだったとは思えないが。自分のやったことに何の責任も取らず、安易に不登校に逃げて、そのせいでズクズクになってしまっているどこかのバカどもに比べれば、相当にラッキーだろう。

そんなことをつらつらと思っていると、後半戦を告げるホイッスルが高らかに鳴った。

「よっしッ。集中、集中ッ」

「市村ぁッ。気ぃ、引き締《し》めて行けよぉッ」

コートに戻《もど》っていくレギュラー陣《じん》の背中に、気合いの入ったエールを送ることは忘れない江上たちだった。

＊＊＊＊ III ＊＊＊＊

最近。市村家の朝事情は、少しばかりの変革があった。

いったん寝入《ねい》ったら、まず何があっても朝まで目を覚ますことのない爆睡《ばくすい》王——龍平の起床《きしょう》時間が三十分ほど繰り上がったのだ。

——と、言っても。龍平の寝起きの悪さは相変わらずだったが。

目覚ましのアラームがしつこく鳴っても、まったく——無視。

いつも鳴りきりになってしまうので、あってもなくても同じ——だと、姉の明日香《あすか》に呆れられても。一応、毎夜セットする。まぁ、たいがいは無駄な努力に終わってしまうのだが。ここまできたら、一種の就寝儀式《しゅうしんぎしき》のようなものだった。

それをやらないと、一日が終わらない。

天然脱力キングはジンクスなど余裕の笑顔で踏み潰していく……ように思われがちだが。実のところ、けっこうナイーブな神経の持ち主だった。それを知っているのは、もちろん、ごくごく限られた人間だけだったが。

毎夜のアラーム・セットも、つまりは、快眠のためのお呪《まじな》い。

なぜなら。その目覚ましは、哲史からもらった誕生祝《バースデー・プレゼント》いだったからだ。そこには、『龍平。頑張《がんば》って起きろよ？』

哲史なりのメッセージが込められていたのだが。悲しいかな、いまだ、それが果たされたことはない。

そんなものだから。起床時間が繰り上がっても、龍平の一日は、いつものように母親である由美子《ゆみこ》の第一声で始まる。

「龍ちゃん、起きなさいッ」

上掛《うわが》けを剝《は》ぎ取り、ハードな部活で鍛《きた》え上げられて余分な贅肉《ぜいにく》などない筋肉質な背中を、遠《えん》慮容赦《りょようしゃ》もなくバシバシ叩く。

——痛いかしら？

そんな柔なことを思っていては、我が息子《むすこ》を睡魔《すいま》の手からは叩き落とせない。

「龍ちゃん。遅《おく》れるわよッ」

いつもは、それでもしつこく惰眠《だみん》を貪《むさぼ》り続ける龍平なのだが。最近、由美子は龍平を目覚めさせるための魔法の呪文《じゅもん》を手に入れた。

「ほら、龍ちゃん。グズグズしてたら、哲史君が来ちゃうわよ。いいの？」

いったい全体、龍平の脳内回路《シナプス》がどうなっているのか、由美子には想像もつかないが。以前と、何がどう違うのかもわからないが。

『グズグズしていたら哲史が来る』

そのキーワードは、とてつもない効力を発揮する。

ダラダラとした惰眠モードから、いきなり覚醒《かくせい》モードへとスイッチが切り替《か》わるのだ。それはもう、ビックリするほどあからさまに。ある意味、笑えてしまうほどに。

今朝も、その呪文でガバリと頭をもたげた龍平が目覚まし時計を引っつかみ、

「わッ、十分過ぎた」

いつものように。

「メシッ。お母さん、早くメシにしてッ」

慌ててベッドから抜け出すのを見て。由美子は、唇の端でひっそりと笑いを嚙み殺す。

「ホント、最強の呪文だわね」

その最強の呪文には漏れなく特別な『御褒美《ごほうび》』がついていることを知ったのは、ごく最近のことだったが。

◆◇◆◇◆

蓮城家の朝は早い。

午前六時にはすでに、哲史は台所に立っている。いつものように、朝食の準備と三人分の弁当を作るために。

こうやって、哲史が毎朝蓮城家の台所に立つようになって三年目だが。それ以前からずっと家事は哲史の生活サイクルに組み込まれていたので、朝が早いことも食事の支度《したく》も、まったく何の苦にもならなかった。むしろ、今は、家族の一員として自分がちゃんと役に立っていることの方が嬉《うれ》しい。

今朝もいつもと同じように愛用のエプロンを着け、鼻歌交じりにテキパキと仕事をこなしていく。その様は、どこから見ても立派に蓮城家の嫁《よめ》――だったが。翼とはセックス込みの関係になっても、哲史の日常は以前と何ら変わりがなかった。

「よっし。今日も上出来」

弁当箱が三つ。それぞれにオカズを詰めて、哲史はニッコリ笑みを漏らす。

そんな哲史の様子を、翼はいつものように食後の一服……濃いめに入れた『橘貴《きったか》』をゆったりと啜りながら見ていた。

何の違和感もない、すでに視界にしっくりと馴染んだ朝の光景である。

哲史が蓮城家の一員（…翼にとってはラブラブな恋人だが）になって、毎日繰り返される朝の和《なご》み。それを素直に幸福と感じこそすれ、いまだに見飽《みあ》きるということはない。

「――哲史」

「んー？　何？」

「この頃《ごろ》、やけに親父の弁当に凝《こ》ってないか？　おまえ」

　翼の気のせいでなければ、その品数も増してきたように思う。

「そりゃ、やっぱ、お父さんのは大人弁当だし」

「なんだ、その大人弁当って」

「低カロリーで、見栄《みば》え豪華《ごうか》？」

　父親の尚貴《なおき》が昼は弁当を持って行くと言い出した頃は、オカズの種類はほとんど自分たちのものと同じだったが。最近では、微妙《びみょう》に違う。しかも、それは、きっちり尚貴好みの味付けになっている——らしい。

「ンじゃ、俺たちのは？」

「品数多く、ボリュームあって一見豪華」

「要するに、自信作ってか？」

「大当たりぃ」

　小学生までは偏食《へんしょく》キングだった翼を餌《え》付《づ》けした（…龍平談）哲史の弁当は彩《いろど》りよく品数も豊富で、毎日食っても食い飽きないくらい美味《うま》い。

　昨晩の残り物でも、ひと工夫《くふう》で弁当のオカズに変身するし。何より、レンジでチンするだけの市販《しはん》の冷凍《れいとう》物など、ひとつも入っていない。

龍平はそれをよく知っていて、弁当箱に新作のオカズが入っているのを目聡《めざと》く見つけると、必ず、味見と称《しょう》して遠慮もなく箸《はし》を突っ込むのだ。それも、哲史のであろうが翼のだろうが、まったくお構いなしに。それを見て、周囲の者たちが呆気《あっけ》にとられようが凍《こお》り付こうが、平然と無視して。

「うーん。テッちゃん、これサイコー♡」

「スゲー、うまーい♡」

龍平にしかできない、とろける笑顔付きのリアクション込みで。

それを見ている哲史の甘やかな笑顔は、もはや、

『ホント、龍平デカくなったよなぁ……。よし、よし。いっぱい食えよぉ』

——的な慈愛《じあい》に近い。

何と言っても。ほんのガキの頃から、他人とまったく違うスローペースな龍平のそばにいて常に気を配っていたのは哲史だったから。

それがわかるのは、二人と同じ年月を歩んできた翼だからだ。

そこらへんの親密度をただの興味本位の色物扱《あつか》いにしかできないバカヤローどもは、哲史と龍平を『デキてる』呼ばわりしたがるが。実際、哲史とはとっくにアツアツのラブラブ状態な翼にとっては、

『どこに目を付けてやがんだ、ド阿呆《あほう》』

——だったりする。

別に、自分たちの関係を吹聴《ふいちょう》して回りたいとは微塵《みじん》も思わないが。それでも、哲史がほかの男とデキてる呼ばわりされるのは、たとえそれが龍平であっても、ヒジョーにムカついてしまう翼だった。

哲史が絡むと、翼の視界は極端《きょくたん》に狭《せま》くなる。その分、独占欲と執着心はブラックホール並みかもしれない。だが、無駄に嫉妬《しっと》しないでいられるのは、哲史がきちんと翼の想《おも》いを受け止めて何倍にもして返してくれるからだ。

だから、哲史を不当に傷付ける者は誰だって容赦しない。他人事になど何の関心もないが、そこだけは譲《ゆず》れない翼の矜持《きょうじ》だった。

「俺たちのはともかく、親父の弁当はついでのオマケでいいからな」

ランチ・タイムに哲史の特製弁当を食えるのは翼の特権だったはずなのに、この頃ではすっかり尚貴も餌付けされてしまっている。それはそれで、何となく面白《おもしろ》くない翼であった。

「大丈夫。どっちも愛情弁当だから」

ニッコリ笑ってサラリとそんなことを言う哲史は、きっと、他愛《たわい》もない翼の嫉妬《ジェラシー》などお見通しなのだろう。

翼はいつでも、哲史の一番でなければ気が済まないのだ。たとえ、それが父親相手であっても、哲史の目が自分以外の者に向けられるのは嫌なのだ。龍平はまた別口——だが。

そこへ、すでに朝食を済ませて背広《スーツ》に着替《きが》え、息子《むすこ》には甘々な父親（…哲史談）から仕事人モードにシフト・チェンジした尚貴が入ってきた。

とたん。哲史の相好がトロリと崩《くず》れる。

『背広姿のお父さんって、やっぱ、いつ見てもカッコイイよなぁ……。デキる男って感じ』

哲史の心の声はダダ漏れである。

尚貴は確かにデキる男（…世間様の評価は辣腕《らつわん》弁護士である。冷然とした美貌の翼とは真逆な柔和《にゅうわ》な顔つきをした美形なので、その前には必ず『あの顔で』という注釈《ちゅうしゃく》が付く）だが、哲史のはただの憧れというより、たぶん、顔も見たことがない父親の存在を無意識に尚貴に重ねているのだろう。

それとまったく同じように、哲史が龍平の母親を見る目もずいぶんと柔らかい。

リアル・タイムで母親の顔も覚えていないという点では、翼も同じだが。単に死に別れたのと親に忌避《きひ》されたのとでは、まったく意味が違う。

杉本家では両親のことは禁句（…泥沼《どろぬま》離婚《りこん》で、どちらもが哲史の親権を放棄《ほうき》した）で写真すら皆無《かいむ》だったそうだが。尚貴は、いまだに亡《な》き妻の写真をパスケースに忍《しの》ばせているし、アルバムも大切に保管している。

何より、事あるごとに母親との思い出話を語ってくれた。

翼に言わせれば、茉莉花

『息子相手に《運命の赤い糸》を素《す》で語るなよ、親父』

——である。まぁ、それがあったからこそ、翼は自分の母親が生前どんなふうだったのかを想像できたのだが。

それは、たった一人の息子である翼に母親のことを忘れないでいてもらいたいという尚貴の気持ちが込められているからだろう。

哲史には、それすら……ない。

親に忌避されるという現実は、翼が思っている以上に辛《つら》いものがあるだろう。しかし、哲史がそれを口にしたことはただの一度もないのだ。

哲史の気持ちの根底には、

『無い物ねだりをしてもしょうがない』

半ば無意識のそれがある。

人に対しても物に対しても執着が薄《うす》いのは、たぶん、そのせいではないかと。その分、翼の哲史に対する独占欲は増すばかり……と言えないこともなかったが。

「龍平君、今日はまだみたいだね」

「ハハ……。まだメシ食ってるかも」

「でも、龍平君、すごく頑張ってるねぇ」

寝《ね》る子は育つ——を地でいく龍平の爆睡王ぶりは尚貴もよく知っている。

「最初はホントに大丈夫かなって、心配だったんだけど……」

（ンなもん、死ぬ気で起きやがるに決まってンだろ。いつもの時間に一秒でも遅れたら、とっととコンタクトして出るって言っといてやったし）

最近、一番の異変。それは、朝、龍平が自分たちを迎《むか》えに来るようになったことだ。

沙神高校までは三人とも自転車通学なので、これまでの登校パターンは、翼と哲史が先に家を出て市村家で龍平と合流——だった。

すこぶる寝起きの悪い龍平はいつもギリギリまで寝ていて、家を出るまでなかなかエンジンがかからない。だから、だ。

あれでよくバスケ部の合宿なんかに行けるよな……と、翼などは逆に感心してしまうが。意外なところでけっこうナイーブな神経をしている龍平は、外泊《がいはく》ではそれなりのテンションを保持しているようだった。その分、絶対安心領域である『我が家』だと完璧にタガが外れてしまう——らしい。

それが、なぜ、今頃になって逆パターンになってしまったのかというと。龍平が、柄《がら》にもなくしょげ返っていたので、ちょっとした活を入れるつもりで翼が漏らした一言がキッカケだった。

例の、哲史が一年五組の連中に『卑怯者』呼ばわりをされたと知って、朝イチから龍平が大爆発してしまった日。

たいがいのことなら昼飯を食ってしまえば元に戻るのに、そのときばかりはランチ・タイムが終わってもまったく復活する素振《そぶ》りを見せなかった龍平と、いつにも増しての鉄仮面状態の翼が揃って二年三組《哲史のクラス》の教室を出たあと。

いつもなら、そのまま左《一組》と右《七組》にすんなり別れてしまうのだが。そのときは、なぜか……どちらともなくパッタリと足が止まってしまったのだ。

「……ツッくん」

口火を切ったのは龍平だった。

「——知ってたの？」

ひたすら強《こわ》い声でそれを問うから。

「哲史が正義感気取りのクソバカどもとモメた話はな」

正直に答えるしかなかった。

トレードマークの笑顔もまったりした甘い口調も失せてしまった龍平をなだめるのは、容易なことではない。

翼自身もたいがい強情《ごうじょう》だという自覚はあるが、龍平のは質が違う。日頃が甘々な分、龍平が完璧にヘソを曲げてしまったら、さすがの哲史でも手こずるほどだ。

「じゃあ、あいつらに卑怯者呼ばわりされた話は、聞いてないんだ？」

「哲史の奴、そこだけスルーしやがった」

その時点では翼も相当にカリカリきていたので、つい荒れた口調になったのは否《いな》めない。

「それって、やっぱ、親衛隊絡みだったから?」

龍平がすぐさまそれを疑うくらいだから、哲史も口が重かったのだろう。

「でも、テッちゃん、俺には何も話してくんなかった。すげーショック」

らしくもない、掠れ声。それが、飼い主に見捨てられてしょぼくれてしまった大型犬——くらいなら、翼も平然としていられたのだが。いつもはピンクの羽が生えているのではないかと思うほど柔らかなトーンが地を這《は》うほど低くこもって、ひたすら平坦なその口調が、まるで中学三年の秋——哲史が高校受験をしないで就職すると言い出したときの反応とクリソツだったりするものだから、思わずヒヤリとしてしまった。

そのあと、龍平は、

『テッちゃんが高校に行かないんなら、俺も行かないッ』

などと、盛大にゴネまくり。誰もがビックリ仰天《ぎょうてん》のハンガーストライキをやらかして体調を崩し、病院に担ぎ込まれたのだ。

その影響力《えいきょう》たるや、まさに超弩級《ちょうどきゅう》のタービュランスだった。

あれで、当時の担任とバスケ部顧問《こもん》がストレスで胃潰瘍《いかいよう》にでもなったら、それはみんな龍平のせい……などと真剣に言われたくらいだ。いや、担任はともかく、高校はバスケ推薦《すいせん》がほぼ決まり——そのつもりだったのを間際《まぎわ》でチャラにされてしまったバスケ部顧問はマジで円形脱《だつ》毛症《もうしょう》になってしまったらしい。

そのときのことがチラリと頭をよぎって、翼は、ほんの少し詰めた息を吐いた。

「そりゃ、単に忘れてただけだろ。哲史、けっこう抜けてるし」

いきなり、突拍子《とっぴょうし》もないことをやらかして周囲を愕然《がくぜん》とさせるのは龍平だったが。哲史の場合は、自分で『大したことじゃない』と決めつけたら、サックリと丸めてゴミ箱に投げ捨てる――という悪癖《あくへき》がある。

悪癖でなければ、

『心配ない』

『大丈夫』

『一人で何とかできる』

――という、三点セットの刷り込みだ。

哲史のことを大切に思う人間は、どんな小さなことでも分かち合いたい、大事にしたい、もっと頼って欲しい――そう思っているのに。哲史は、些細《ささい》なことでいちいち煩《わずら》わせたくないと思い込んでしまうのだ。

うっかりミスというより、無自覚の確信犯？

世の中には誇大妄想狂《こだいもうそうきょう》の自己チューは腐るほどいるのに、哲史は、変なところで妙に自分を過小評価しているきらいがある。そこらへん、翼はたまにギリギリと歯噛《はが》みせずにはいられないのだが。

翼や龍平を甘やかすのは得意中の得意のくせに、自分が甘えるのはド下手《へた》。いつも、どこかでセーブがかかる。

甘えることになれてしまったら、それを喪《うしな》うのが怖くなると思っている。だから、

『甘えちゃいけない』

『過度に期待しちゃいけない』

『叶《かな》わないことを夢見ちゃいけない』

そんな、淋《さび》しい目をするのだ。

──だから。翼は、ベッドの中でトロトロに哲史を甘やかしたくなるのだ。

甘いキスをして。

甘く囁《ささや》いて。

哲史が掠れた声で、自分から『もっと、して』と強請《ねだ》るまで……焦《じ》らすのが大好きだ。

「でも、俺、土曜はずっと一緒だったんだよ？」

「だから、だろ」

「……え？」

「哲史、おまえと久々にデートだって、浮《う》かれまくっていやがったからな」

本当に、そのときの哲史ときたら、ちょっとムカツクくらいの上機嫌《じょうきげん》だったのだ。

「……ホントに？」

「――マジ」

それで、嫌《いや》なことはコロッと忘れてしまったに違いない。

哲史曰《いわ》く、

『それはもう、きっちり反省した』

翼にしてみれば、大いに反省しろと言いたいところだ。

「そう……かな？」

ほんのわずか、龍平の声音《トーン》が浮上《ふじよう》した。

故意にスポイルされたのではなく、ただの不注意《ケアレス・ミス》。

「そうだろ」

駄目押しをしてやると、龍平は、フーッ…とひとつ大きく息を吐いた。

本当に。普段は超合金《ちようごうきん》も真っ青な無敵の神経をしているくせに、龍平ときたら、哲史が絡むとたんにナイーブな顔を剝《む》き出しにするから怖い。まぁ、それに関しては、独占欲の固まりの翼があれこれ言える立場にはないが。

実際。デートのあとは市村家でスキヤキパーティーだったと、それはもうニコニコの哲史だった。

「おまえン家《ち》のスキヤキはタマネギが入ってた、とか。姉貴が相変わらずの肝《きも》っ玉姉ちゃんだった、とか。日曜の朝は親父と二人して、その話で盛り上がってたぞ」

言いながら、翼は内心、

(クソォ……。俺にこんなフォローまでさせやがって……。覚えてろぉ、哲史。家に帰ったら、きっちり全部吐かせてやるからなぁッ)

——だったのだが。

そしたら。龍平が、いきなり何の脈絡《みゃくらく》もなく、

「ツッくん、あのね。俺……その日は、テッちゃんに目ぇ見せてって強請《ねだ》っちゃったよ」

などと、言い出した。

「ツッくんだけ、いっつも好きなときに好きなだけ見られるの、ズルイ……とかさぁ。テッちゃん、笑ってたけど」

それは……哲史としても笑い飛ばすしかないだろう。翼には、そのときの拗《す》ねまくった龍平の顔つきまで簡単に想像できてしまった。

どうして龍平が急にそんなことを言い出したのかはわからなかったが、龍平の口調がいつも通りに復活したので、翼的にはホッとした。

「俺、この頃《ごろ》テッちゃんの青い目……ぜんぜん見てないし。ツッくんが羨《うらや》ましかったんだよ」

哲史の『青い瞳《ひとみ》』にこだわっているのは翼だけではない。龍平にとっても、哲史の双眸は特別なのだ。

それがよくわかっていたから、つい、口が滑《すべ》った。

「なら、たまにはおまえがウチに迎《むか》えに来い。哲史、朝は家を出る寸前までカラー・コンタクト入れてねーし」

学校は……まぁ、しょうがないが。家の中で哲史は、絶対にコンタクトはしない。翼が、黒のコンタクトなんかで哲史の綺麗な青い目を隠《かく》してしまうのが嫌いだからだ。

「……そうなの？」

「そうだ。朝イチで、哲史の青い目が見られるぞ」

すると。龍平はグッと身を乗り出すや、

「行く」

キッパリと即答《そくとう》し。バスケットボールを丸摑《まるづか》みにする握力《あくりょく》を見せつけるようにガッシと翼の両腕《りょううで》を摑むと、

「これから毎日、朝は俺が迎えに行く。だから、コンタクト入れないで待っててって、テッちゃんに言っておいて」

ガシガシと揺《ゆ》すった。

翼相手に、そういう大胆《だいたん》なスキンシップを素《す》でやれる豪傑は龍平しかいない。

哲史が相手だと、龍平のスキンシップ度は更にグレードアップするばかりだ。誰の目の前でも平気で懐《なつ》きまくる（…視界の暴力とまで言われている）ので、そういう免疫《めんえき》のない奴らが思

わず顔を引きつらせて引いてしまうくらいには……。

天然ボケボケのようで、きっちり有言実行な龍平の言葉を頭から否定するつもりはないが。なにせ、目覚ましのアラームを鳴りきりにさせてしまう達人なものだから、今イチ、信憑性《しんぴょうせい》が薄い。

「おまえ、朝、ちゃんと起きれんのか？　今より、確実に三十分は早起きしないと間にあわねーぞ」

「大丈夫。根性で起きる」

断言する龍平の目はマジだった。先ほどまでとは、まったく別の意味で……。

「だから、テッちゃんにちゃんと言っておいてよ？　ツッくん」

ほんの少しだけ上目遣《づか》いに、強請る。翼相手にそういう顔をする龍平というのも大変珍《めずら》しいことなので、かえって龍平の本気をヒシヒシと感じた。

「いつもの時間に一秒でも遅《おく》れたら、家を出るからな。俺たち」

「絶対、起きる」

何の根拠《こんきょ》もなくそこまで大胆に言い切るのだから、たぶん、何が何でもやるだろう。だったら、翼としても別に何の文句もない。

それから、毎日。

今のところ、その約束が反故《ほご》にされたことは一度もない。朝イチで哲史の青い目が見たいと

いう龍平の根性の入り方は、まったく大したものだ。

それをもっと別なところで活用すれば……などとは微塵《みじん》も思わないのが、十年来の幼馴染みの割り切り方だったりするのかもしれない。

翼は、龍平がどんな努力をして今の龍平になったのかを知っている。その根底にあるのが、何であるのかも。

だから。龍平の興味のベクトルが、哲史とバスケ以外にはまったく向かない理由もわかっている。だったら、それでいいのだ。

「はい、お父さん。お弁当」

ランチバッグを摑んで、哲史が尚貴に手渡《てわた》す。

「ありがとう。今日はどんなオカズなのかなって、いつも開けてみるのがすごく楽しみなんだよ?」

「へへ……。今日のは新作バージョンだから」

「そう? じゃ、ランチタイムが待ちどおしいね」

ニッコリ交《か》わされる二人の笑顔を見ていると、さながら新婚《しんこん》カップルのノリである。

(哲史相手に素でやるなよ、親父ぃ……)

内心、思わず拳《こぶし》を突き上げる翼であった。

——と、そのとき。玄関《げんかん》チャイムが軽《かろ》やかに鳴った。

りと飲み干した。

二人で歩き出す様を横目で見やって、翼は、すっかりぬるくなってしまった『橘貴』をゴク

「じゃ、一緒に」

「あー、いいよ。僕が出るから」

「たぶん」

「龍平君かな？」

◆◇◆◇◆

玄関チャイムを鳴らして幾分ソワソワしながら、龍平はドアが開くのを待つ。

このところの朝の定番だから、ドア横のインターフォンが鳴ることはない。

カチャリ——と、ドアが開く。

ドアの向こうは哲史だとばかり思っていたら、尚貴だった。

「あ……おじさん。おっはよーございまーす」

ペコリと頭を下げると、

「おはよう。今日も朝から元気だね、龍平君」

尚貴がニコリと笑った。

「はいッ。朝イチの眼福ですから。今日も気合い入ってます」

すると。尚貴の笑みはますます深くなった。

「はいはい。頑張ってね？」

何を――とは言わず。

「じゃ、行ってきます」

振り返りざま、哲史に声をかける。

「行ってらっしゃい」

「行ってらっしゃーい」

トーンの違うユニゾンに見送られて玄関を出る尚貴は、ほんの少しくすぐったそうに唇の端を和《やわ》らげる。そんな尚貴の背中をしばし見やって、

（やっぱ、仕事人モードのおじさんってカッコイイなぁ。お姉ちゃんが見たら、一発で舞《ま》い上がりそう）

龍平はひとりごちる。

先週の土曜日。いつも仕事で忙《いそが》しい尚貴の顔を、久々にじっくり見た。例の緊急クラス会に、車で学校まで送ってもらったのだ。

龍平の父親と尚貴は同年代のはずだが、同じ中年《オヤジ》でも尚貴はずいぶん若々しかった。別に、父親が特に老《ふ》けているというわけではなく、明日香が言うように、尚貴の方が『年齢不詳《ねんれいふしょう》な魅《み》

惑《わく》のオジサマ』なのだろう。

まぁ、超絶美形の翼の父親なのだから言わずもがな……なのかもしれないが。DNAはさすがに侮《あなど》れない。

そのときの尚貴はごく普通のカジュアルな服装で、とても十七歳の息子《むすこ》を持つシングル・ファザーには見えなかった。しかし、綺麗に髪《かみ》をかき上げて、オーダーメードの背広を隙《すき》なくビシッと着こなした姿はまた別の迫力《はくりょく》があって、明日香でなくてもちょっと見惚《みと》れてしまう。

だが。

――それでも。

「おはよ、龍平」

いつものように玄関先《げんかんさき》で自分を出迎《でむか》えてくれる哲史の、海碧《マリンブルー》の宝石を嵌《は》め込んだような双眸の輝きには敵《かな》わない。

「おはよー、テッちゃん」

しばし、朝イチの眼福を満喫《まんきつ》する。

龍平にとっては、すっかり朝のお約束だ。初っ端《ぱな》、玄関先でひたすらマジマジとそれをやって、哲史には思いっきり笑われてしまったが。

朝イチの眼福。

それを龍平に教えてくれたのは、尚貴だ。

『哲史君の綺麗な青い目を見られるのは、早起きした御褒美。だから、朝イチの眼福。朝一番ですごく嬉しい気分になれるってことなんだけど』

本当に、どうしてもっと早く気がつかなかったのか。

単純に計算して四年分の『朝イチの眼福』を無駄にしてきたのかと思うと、期限切れになってしまった『幸せな時間』がただひたすらもったいなくて、どっぷりとため息しか出ない。

「ほら、さっさと上がれば?」

「ウン」

靴《くつ》を脱《ぬ》いでしまえば、龍平にとっては勝手知ったる蓮城家……である。

「ツッくんは?」

「橘貴で朝の一服」

「わ……朝から贅沢《ぜいたく》ぅ」

翼のために尚貴がわざわざ取り寄せているらしい茶葉の銘柄《めいがら》は、龍平もよく知っている。けっこう高価な消耗品《しょうもう》であるそれが『橘貴』だけではないことも。

見かけによらず、翼は、本当に緑茶にうるさい。そんなことを知っている人間は、ごくごくわずかだろうが。

「ツッくん、おっはよー」

ダイニングキッチンに入り様、声をかけると。

「龍平。おまえ、声デカすぎ。みんな筒抜けだって」

定位置の椅子《いす》に踏《ふ》ん反り返ったまま、翼が腐《くさ》す。

「そうかな？」

「そうだよ」

「だって、朝イチの眼福だし。つい、気合いが入っちゃうんだよ」

「気合い……なぁ」

「ツッくんは眼福に慣れすぎちゃって、幸せのバロメーターが麻痺《まひ》してるんだよ」

とたん。哲史がプッと噴《ふ》いた。

「ホント、だからね。テッちゃん」

ついでのオマケではない真剣さで、きっちりと念を押しまくる龍平だった。

「はいはい。ありがとな」

口調は軽いが、決しておざなりではない。どんなときでも、哲史が——翼が龍平の気持ち《言葉》を聞き捨てにすることはないのだ。昔も——今も。

だから。龍平は決して言葉を惜《お》しまない。

ボキャブラリーが豊富だとか貧困だとか、そんなことは関係ない。

自分の気持ちを、自分の言葉で。そうすれば、答えはちゃんと返ってくる。

何も言わないでわかってもらおうなんて、そんなのは怠慢《たいまん》だと龍平は思っている。でなければ、ただの自己チュー。口下手《くちべた》だから……なんていう言い訳が許されるのは、家族だけだ。

自分の気持ちが――思っていることが100％相手に伝わることなんてない。

それもまた、現実だが。それで諦《あきら》めてしまったら、何も変わらない。想《おも》いも信頼《しんらい》も、真摯《しんし》に言葉を交《か》わすことで積み重なっていくのだということを、龍平は決して忘れていない。

「龍平。眼福のあとは、朝イチのコーヒーでも淹《い》れてやろうか？」

「いっただきまーす」

「龍平。おまえ、人ン家来《ち》て遠慮なさすぎ」

今更のように翼が文句を言ったが。

「テッちゃん。俺、砂糖は抜きでね？」

笑顔満開で、龍平はサックリと無視した。

＊＊＊＊　Ⅳ　＊＊＊＊

その日。

沙神高校では、時間差で突風《とっぷう》が吹き荒れた。

最初は本館校舎で。次に、新館校舎で。不登校を続けていた一年五組の生徒たちが、久々に登校してきたからである。

◆◇◆◇◆

本館校舎、三階。

このところ、いつも、登校のざわめきに取り残されてひっそり静まり返っていただけの五組の教室に、チラホラと生徒が戻ってくると。朝のHR前でざわついていた他クラスの生徒たちは息を詰め、誰も彼もがその様を凝視した。

それより、二日前。

全学年注目の的であった『緊急クラス会』が終わった週明けの月曜日。当然のことだが、一年生《ねんせい》本館校舎の間では終日その話で持ちきりだった。

五組の件に関してはただの部外者であっても、決して他人事として見過ごしにはできない不登校事件。

緊急クラス会は、どのように始まり。

どういう展開で、話し合いが持たれ。

どんな形で、決着を見たのか。

休み時間ともなれば、どのクラスでもその話題で派手に盛り上がっていた。

しかし。そこで語られることはただの予想図であり、身勝手な妄想《もうそう》であり、何の信憑性《しんぴょうせい》もない憶測《おくそく》でしかなかった。

なぜなら。彼らの誰一人として、正確な情報を持ち合わせてはいなかったからだ。

普通、そういう特別な会合があれば、多少なりとも情報が漏れてくるものではあるが。なぜか、今回はそれが一切《いっさい》なかった。まるで、保護者も生徒も――学校関係者ですら、頑なに口をつぐんでしまったかのように。

ひとクラス丸ごと不登校――という異常事態が議題なので、そういうデリケートな部分には誰も……どこからも突っ込めない。そう言えなくもなかった。

ましてや、声高《こわだか》に情報公開を求めるつもりもない。ただ、結果として、箝口令《かんこうれい》を敷《し》かれたような後味の悪さは否《いな》めない。

事の詳細《しょうさい》は知りたいが、皆、自分がスピーカー元になるのは嫌だった。

いや……怖かった。

たとえ、くだらない噂話《うわさばなし》でも。他愛《たわい》のないジョークでも。一歩間違えば『口は禍《わざわい》の門《かど》』であることを、今回の事件では嫌というほど実感させられたからだ。

満たされない欲求。

募《つの》る飢渇感《きかつかん》。

置き去りにされた、不安の芽。

煽られて苛《いら》つくのは、彼らの中でもまだ何も解決していないからだ。

誰一人。

——何ひとつ。

わかっているのは、これが笑い話にしてしまえない現実であるということだけだ。

そして、水曜日《今日》。

五組の生徒たちは教室に戻ってきた。

誰一人として、欠けることなく。あの、高山ですら……。

彼らの中で、どういうふうにケジメがついたのか。誰一人、それを語ることもなく。硬く、顔を強《こわ》ばらせたまま……。

ある意味、それは異様な光景だったかもしれない。他クラスの者たちが、その違和感をヒソヒソと囁《ささや》き合うくらいには。

三限休みの一年四組。

そもそもの、すべての元凶——かもしれない佐伯翔《しょう》のクラスでも、当然、それは例外ではなかった。

「なぁ、佐伯。おまえは、どう思う？」

倉岡《くらおか》に問われて。

「——何が？」

いいかげんウンザリと、佐伯は睨んだ。

五組の不登校問題になると、誰も彼もが佐伯に話を振ってくる現実はいまだ変わらない。直接的に、佐伯には何の関《かか》わりもないというのにだ。

「だから、あいつらのケジメって、どんなふうについたのかなぁ…って」

「知るかよ、俺が」

吐き捨てる口調にも苛立《いらだ》たしさがこもる。

そういう佐伯の態度も相変わらずだったからか、倉岡はメゲなかった。

「ぜんぜん、まったく、気にならねー？」

「俺、関係ねーし」

いいかげん口タコになるほど繰《く》り返してきた台詞である。

新館校舎の上級生からは、

『今年の一年は学習能力ゼロ』

などと、皮肉たっぷりに揶揄《やゆ》られているが。このトバッチリに関する限り、まったくその通りだと佐伯は痛感する。

（おまえら、ちょっとは学習しろょ。俺は、あいつらとは何の関係もねーんだよッ！）

まったく、腹が立つほどに。

「けど、あんだけ派手にケツを捲ってた高山だって、きっちり登校して来てンだぞ？」

つまりは、そういうことなのだ。高山のことがあるから、皆、性懲《しょうこ》りもなく話を佐伯に振ってくるのだろう。

登校してきたはいいが、頑なに口を閉《と》ざしたままの五組との強力なパイプ役。はっきりと口には出さないだけで、皆は佐伯にそれを期待しているのかもしれない。

なにせ、高山は、不登校事件のキーパーソンである。

高山自身は思いっきり否定するだろうが、周囲の認識《にんしき》はそれで一致《いっち》している。五組の連中が口を揃《そろ》えて、今回の一件は、

『高山に、クラスに戻ってきてもらいたいためにやったこと』

それを明言しているからだ。

その高山は、翼にシバき倒された佐伯の仲間である。もっとも、高山たちが翼のブラック大魔王ぶりにビビリ上がって不登校になってしまった時点で佐伯とは決別し、その後の明暗もくっきりと分かれてしまった。

明暗といっても、それは、

『厚顔無恥の自己チュー』

『根性ナシのビビリ野郎』

レッテルを貼られるのならどっちがマシ？……というレベルなのだが。

佐伯の中ではすでに、高山たちは斬《き》り捨てられた存在である。仲間でも何でもない。

だが。佐伯の思惑と周囲の見る目は別物である。彼らの中では、今でも、元親衛隊のメンバーというカテゴライズされた同類なのだった。

それは佐伯が、

『杉本哲史にくだらない因縁を吹っかけて自滅《じめつ》したバカヤロー集団』

そのリーダーであったからで。

『高山たちとはもう、何の関係もない』

口から唾《つば》を飛ばして何を力説しても、きっぱりと無視される。

レッテルを貼られるということはそういうことなのだと、遅《おそ》まきながら実感しないではいられない佐伯だった。

「それって、やっぱ、杉本先輩との確執《かくしつ》にもそれなりのケジメがついたってコトだろ?」

口にしながら、倉岡の口調はずいぶんと懐疑《かいぎ》的だ。

「ケジメなぁ……」

極論を言えば。

確執も何も、哲史とはそういうことですらない。

ただ『杉本哲史』という存在自体が目障《めざわ》りなだけだった。しかも、哲史自身にはまったく相手にもされていないという現実が……ムカツク。

美貌のカリスマである翼の視界の中で自分の存在感を主張したい佐伯にとって、哲史はまさに、頭の上の鉄板──なのだ。

自分がなぜ、どうしてこんなにも強く翼にこだわり続けるのか。佐伯にも、本当はよくわからない。

ただ。あの怜悧《れいり》な双眸に自分を認めさせたい──その欲求だけが切実で。それが単なる『一目惚《ひとめぼ》れ』だというなら、たぶん、そうなのだろうとあっさり認めてしまうほどに。

誰にも熱くならないカリスマの横に並び立つのが無理だというのなら、せめて、その影《かげ》を踏《ふ》める距離感で。

外野はそんな佐伯の大それた野望を嘲笑《ちょうしょう》したが、佐伯は別に気にもならなかった。欲しいモノを欲しいと言えない、ただ指をくわえて見ているだけの根性ナシに何を言われても気にならなない。

——はずだったのに。今は、全校の恥曝《はじさら》しだ。それと知らずに、翼の地雷を思いっきり踏んでしまったからだ。

しかし。それで高山たちみたいに安易に逃げ出してしまったら、本当の負け組だ。それだけは、絶対に嫌だった。

プライドを死守するためなら、別のところで恥を曝すくらい何でもない。それが、佐伯の譲《ゆず》れない一線だった。だから、傍《はた》で何を言われてもいい。それくらいの覚悟《かくご》はあった。

——なのに。根性ナシのビビリ野郎な高山たちといつまでも同類扱《あつか》いされるのが、無性《むしょう》に腹立たしい佐伯だった。

それは、ともかく。

『高山たち《あいつら》とは、関係ない』

口酸《くちす》っぱくそれを連呼する佐伯ではあるが、緊急クラス会のケジメのつけ方には興味本位ではない関心がある。『決着』という結果ではなく、むしろ、その過程《プロセス》に。

おそらく何の免疫もないだろう保護者が、あの翼と龍平を相手にして、どういう論戦になったのか。純粋《じゅんすい》に興味があった。

あの二人が公然と口にして憚《はばか》らない『幼馴染みとしての当然の権利』という主張が、大人の常識に通用するのか、しないのか。そのことに対して、佐伯は並々ならぬ関心があった。

今日——不登校になっていた連中が揃って復活して来た。それは当事者同士で話し合いがなされ、ある種の決着を見た。そういうことには違いない。

佐伯的にはどうでもいいことだが、少なくとも体面を重んじる学校側としては非常に喜ばしいことだろう。

なのに。彼らの表情は、なぜ、ああも暗いのか。

それが気になってしょうがないから、皆の頭からは疑念が去らないのだ。本当にケジメはついたのか？——と。

だとすれば、それは……どういうふうに？

どういう形で？

ただの好奇心《こうき》ではなく、本館校舎の住人が知りたいのはこの先の生きた教訓である。

なのに、その欲求は何ひとつ満たされない。不安になるのも当然であった。

◆◇◆◇◆

昼休み《ランチ・タイム》。

「出てきたな、あいつら」

「そうだね」

いつものように肩《かた》を並べて学生食堂に向かう藤堂と鷹司の足取りは、決して軽やかとはいいがたかった。

「俺的には、正直、半々ってとこだったんだけど」

「僕は、けっこうヤバイかなぁ……とか思ってた」

何が？——とも。

「やっぱ、なぁ」

「アレ……だったし？」

どこが？——でもなく。

「ドッボのダブルパンチはキツイよな」

「今更だけどね」

誰が？——ですらない。

それでも。

「どう思う？」

「とりあえず、成り行きまかせってとこ？」

「運天……なぁ」

「僕らはもう、お役御免《ごめん》だから」

ツーカーで会話が成り立つ執行部コンビであった。

鷹司たちオブザーバー組が早々と第三ミーティング・ルームを辞したあと、ド派手な第二ラウンドが勃発したらしいことを三学年主任の本田《ほんだ》から聞いたのは、月曜日の放課後だった。

本田的には、オブザーバーとしての二人に対する事後報告のつもりだったのかもしれない。もちろん、あくまでオフレコ……だったのは言うまでもないことだが。

鷹司も藤堂も、それなりに驚《おどろ》きはしたが。

『あー、やっぱり』

『そりゃ、鬱憤《うっぷん》も溜《た》まるよなぁ』

『予定の範疇《シナリオ》……って感じ』

『どっちにしろ、ガス抜きは必要だろ』

その気持ちの方が強かった。

ひたすらブリザード状態のブラック大魔王と辛辣に本音を吐きまくる脱力キング、そして、それを止める気もない最強のコントローラー。そんな三人組に、いったい誰が勝てるというのか。それで決着《ケジメ》がついたと思っているのは、すべてを『茶番』と言い切ったあの三人組だけだろう。

どんな場合でも、揺らがない信念を持った者が最強なのだ。

そこに『正義』が加味されれば、まさに無敵である。

何しろ、感情論では動かしがたい事実が眼前に立ち塞《ふさ》がっているのだ。無理やりに目を背《そむ》けても、その事実は消えない。五組の生徒もその保護者も、それを思い知ったに違いない。完膚《かんぷ》無《な》きまでに叩きのめされて、その反動のように赤裸々な本音が炸裂《さくれつ》する第二ラウンド。

その場にいなくてよかったと、つくづく思う鷹司だった。

最初にボタンを掛《か》け違えただけなら、まだ、修復するチャンスはあっただろうが。ここまで派手にこじれてしまったら、もう歩み寄ることすら難しいだろう。オブザーバーとして出席して、改めてそれを痛感せずにはいられなかった。

「なんか……不穏だよな」

「トバッチリの第三ラウンドだけは勘弁して欲しいよね」

「それも、今更のような気がする。一難去って、また一難？」

珍《めずら》しく気弱な言葉が藤堂の口を衝《つ》いて出る。

「やだな、藤堂。言霊《ことだま》って知ってる？」

「知ってる」

「でも、信じてなさそう」

「目に見えるものだけが真実じゃない——のは、真理だと思うけどな。何の努力もしないで他力本願っつーか、都合の悪いことを誰かの……何かのせいにして自己責任を放棄《ほうき》してる奴が嫌いなだけ」

「藤堂がそれを言うと、誰も勝てないって気がする」

常に勝ち組の王道を歩いている男——とは、藤堂の代名詞みたいなものだが。強運だけで勝ち続けることなど、できない。強運は、それに見合う努力の賜《たまもの》だと鷹司は思っている。

『人生に於《お》いて無駄な努力というものは何ひとつないが、いくら努力をしても開かれない扉《とびら》はある。だが、それでクサって何もかも投げ捨ててしまったら、何も報《むく》われない。謂《いわ》れのない差別はあってはならないが、すべての人間に於て平等なのは、誰でもいつかは「死」を迎《むか》えるという事実だけである。人生に格差は付き物である。それをただ嘆《なげ》いても始まらない』

誰の言葉だか忘れてしまったが、そのフレーズは鷹司の心に強く残っている。

なぜなら。その言葉をきちんと実践《じっせん》している者がいることを、鷹司は知っているからだ。

【為《な》すべきことを成すための努力】

それを知っている者こそが、本当の勝ち組なのだろう。

「あいつらも、いいかげん、それに気付くべきなんじゃねーか?」

「気付いたとしても、ちゃんと一歩を踏《ふ》み出す勇気が持てるかどうか……。なんじゃない?」

恥を曝して歩く根性を見せなければ、登校してくる意味がない。

それを言ったのは、藤堂だが。もはや、登校してくるだけでは何の意味もないように思う。貼《は》り付いたレッテルを引き剝《は》がすことができるのは行動あるのみだと、きちんと自覚すべきではないだろうか。

楽な方に流されるのは実に簡単なことだが、踏みとどまるには根性がいる。這《は》い上がって困難を乗り越《こ》えるには、更に忍耐がいる。

この先、彼らの目の前にあるのはキツイ坂道だ。それを登り切る覚悟ができている者が、いったい何人いるのか。それを思って、鷹司はため息をひとつ落とした。

「何？　ドデカいため息だな」

「ん━……。人の振り見て我が振り直せ。実に名言だなぁ……とか思って」

「それを実感している奴はゴロゴロいるんじゃねーか？」

「僕たちも、ビシバシ身が引き締《し》まるよねぇ」

「その前に、まずはメシだな。日頃は使わないとこの脳味噌《のうみそ》までフル回転させると、やたら腹が減るぞ」

「いきなりリアルな現実…って感じ」

なんにせよ、平穏な日常にはまだまだ時間がかかりそうな気がする鷹司だった。

◆◇◆◇◆

放課後の体育館、二階。

部活が始まる前のボール出しをする新入部員たちを遠目で見やって。

「はぁぁ……」

女子バスケ部主将、白河遥奈《はるな》のため息は重い。

「遥奈ぁ、どうした？」

日頃の白河らしくもないその様子に、副将の阿部《あべ》がしんなりと眉《まゆ》をひそめた。

「大津《おおつ》が、退部届を持ってきた」

一瞬《いっしゅん》の沈黙があって。

「……そっかぁ」

「しょうがないよねぇ」

「ここまできちゃったら、ケジメは必要だもんね」

他の三年部員たちも、揃《そろ》ってコクコクと頷《うなず》く。

今年の新入部員の中では、確かにイチ押しの大津だが。事ここに至っては、さすがにもう、どうしようもない。

中学時代にそこそこ名前の知れた逸材《いつざい》が入部してきて盛り上がったのも、束の間……。女子バスケ部にとっては、まったくもって予想外の痛い損失であった。あくまでも、即戦力《そくせんりょく》としての……だが。

それ以外の部分では、大津が『退部』というケジメをつけてくれたことに、ホッと安堵《あんど》のため息を漏らしている部員がいてもおかしくはない。主将としての白河には、まさに、アンビバレンスな問題だったが。

今日の昼休み。五時間目が始まる予鈴《よれい》が鳴る前に白河のクラスにやって来た大津は、硬く顔を強ばらせたまま退部届を差し出したのだ。

以前、同じように白河のもとにやって来たときの大津は、自分の正当性を主張しながらも、それをわかってもらえないジレンマに号泣した。

『なんで？』

『どうして？』

『あたしたちだけが』

繰り返される言葉には苦渋《くじゅう》が滲《にじ》んでいた。

いや……。それはもしかしたら、大津たちを詰《なじ》って否定する者たちへの呪詛《じゅそ》だったかもしれない。

まぁ、呪詛というのは大袈裟《おおげさ》かもしれないが。あのときの大津には、確かにそんな危《あや》うさみたいなものがあったのだ。

自分たちの正義を蔑ろにされた、怒《いか》り。

よかれと思った好意を完全否定される、悲しみ。

そして。自分たちの思い描いていた予想図が壊滅《かいめつ》してしまった、ショック。

号泣する大津の姿に、白河はそんな激情が渦巻《うずま》くのを見たような気がした。

けれども。昼間の大津には、危うさめいたものはなかった。ただ……確固たる意志があっただけで。

「あたしとしては、今すぐに結論を出さなくてもいいんじゃないかって思うんだけど。大津の決心、固いみたいでさ」

まさか、部活《バスケ》とは何の関係もない場外乱闘《らんとう》のツケを、こんな形で払《はら》わされることになるとは——大津自身、思ってもみなかっただろう。

白河的には、気持ちの切り替えとこれからの頑張り次第《しだい》ではまだリカバリーがきくと思っているのだが。肝心《かんじん》の大津の気持ちがプッツリ切れてしまったのでは、どうにもならない。

「要するに、大津としては、中途半端《ちゅうとはんぱ》なままにしておきたくないってことでしょ？」

「まぁ、そうなんだけど……」

「モチベーション切れちゃったら、どうしようもないよ」

気持ち的にも、状況《じょうきょう》的にも。ここまでこじれてしまったら、たとえ部活に戻ってきたとしても以前のようにはならないのは誰の目にも明らかだったが。

「なんにせよ、ケジメは必要だしね」

だから、女子バスケ部としてのだ。

大津が哲史を吊し上げにした一年五組のメンバーに入っていたことが——いや、哲史を『卑怯者』呼ばわりにした張本人だと知れて以降、部員たちの動揺《どうよう》は半端ではなかった。

なにしろ、男子部のエースである龍平がそれを知って大激怒《だいげきど》。天然脱力キングと言われる沙神高校の王子様の『絶対に許さない』発言の威力《いりょく》は絶大で、その影響力《えいきょう》は予想以上に半端なく凄《すご》かった。

有言実行の美貌のカリスマ様がいくら三倍返しの鉄拳《てっけん》を喰《く》らわせても、それはあくまで他人事だったが。今度は、ある意味、当事者の真っ直中《ただなか》である。

一年部員は我が事のように動揺しまくりで、二年部員はすっかり意気消沈《しょうちん》。白河たち三年部員は、これが原因で男子部との関係まで険悪になってしまうのではないかと狼狽《うろた》えた。

さすがに、白河としてもどうすればいいのか……わからず。あれこれ悩《なや》んだ末に男子部主将の黒崎に相談してみたのだが、あっけなく撃沈《げきちん》されてしまった。

はっきり言葉にはしないまでも、

『女子部の尻拭《しりぬぐ》いを男子部にさせるなッ！』

——と、言われたのも同然である。

見かけは厳《いか》ついが性格穏和《おんわ》な（…部活になれば闘将《とうしょう》だが）黒崎が、まさか、あそこまで辛辣になるなどとは思ってもみなかった。

確かに。白河自身、女子部の主将として甘さがあったことは否めない。

昨年の龍平ブチギレ事件の後遺症《こういしょう》というか、その衝撃度《しょうげき》は認識できても、男子部ほど切羽詰《せっぱつ》まった状況になかったのは事実だ。

『杉本哲史にチョッカイを出して、市村龍平を怒らせるな』

そのスローガンを決して軽視していたわけではないが、黒崎ほど切実に実感できてはいなかった。今になって思えば、それに尽《つ》きる。

まさに、後悔先に立たず……である。

「一年と二年、完璧ミゾができちゃってるし」

「ホント。このままじゃ、女バスの危機だって」

そうなのだ。白河的には大津がクラブを辞《や》めるか、辞めないか。龍平に『絶対に許さない』と言われて、すっかり取り乱してしまっている大津をどうやって宥《なだ》めようか……と、頭を悩ませていたわけだが。それとは別口で、龍平の爆弾発言をきっかけに一年と二年がすっかり険悪になってしまったのだ。

新入部員と上級生部員とでは、あの三人組に対する免疫力の差――危機意識の違いがくっきりと明確だった。同じ上級生であっても、日々リアルな体験が同時進行な二年生と、あくまで傍観者《ぼうかん》な三年生とでもその認識に開きはある。

本音で言って。翼にしろ龍平にしろ、どうして哲史のことで二人があれだけ激昂《げっこう》できるのか……。白河には、少々理解しがたい部分もあった。

それは、友情に対する思い入れの男女差なのか。それとも、幼馴染みに対する認識の違いなのか。あるいは、ただの刷り込みなのか……。

白河的には今イチ理解しがたい友情の在り方も、黒崎に言わせれば、

「おまえら女子部にとっちゃあ『そんなこと』でも、市村にしたら『そんなこと』じゃ済まねーんだよ。市村をコントロールできるのは杉本だけ。その唯一最強のコントローラーを卑怯者呼ばわりされて、市村はブチギレてんだよ」

しごく単純明快な論理でしかないらしい。

仲の良い幼馴染みを罵倒《ばとう》されて怒りまくる龍平の気持ちは、白河にもよくわかる。

だが。それは、大津が龍平の言葉にショックを受けて不登校になってしまう気持ちでもチャラにできないくらい重いものなのだろうか？

大津がクラスメートのためを思って、それが高じて思わず口走ってしまった『卑怯者』という言葉と。龍平が哲史のことを思うあまりに吐き捨てた『絶対に許さない』発言は、どう違うのか？

結局。ニュアンスの違いと思い込みの温度差はあっても、その二つの根っこにあるモノは、人を思いやる優《やさ》しさ——同じ気持ちではないのか？

確かに、一人を取り囲んでの暴言三昧《ざんまい》はマズかったが。それでも、大津たちの気持ちまで完全否定していいことにはならない。

自分のためではなく、誰かのために……。その真摯《しんし》な気持ちだけは、彼らの真実だったのだと思うから。

『ゴメンナサイ』

たった一言が言えずにバックレてしまった現実は、

『根性ナシのビビリ』

そう非難されてもしかたないのかもしれないが。結果論だけですべてを判断するのは、あまりにも酷《こく》ではないだろうか。白河には、そう思えてならない。

しかし。このままでは、大津一人の問題ではなくなってしまいそうな険悪な雰囲気《ふんいき》をどうにかしたくて。何もしないでただ待っているだけでは、何も解決しないような気がして。

とにかく、問題解決のためのキッカケが欲しくて。三人組とは中学の先輩に当たる鷹司にその疑問をぶつけたとき、鷹司は白河に言ったのだ。

「チャラにできるとか、できないとか。重いとか……軽いとか。そういう問題じゃないと思うよ？　白河もその子も、根本的なところで読み違えてるんじゃない？」

根本的な読み違え……。

『何』を？

『どこ』を？

『どんなふう』に？

白河はそれが知りたかった。ただの興味本位ではなく、切実に。

「市村君は、杉本君を卑怯者呼ばわりにされたから怒ってるんじゃなくて。たぶん、自分たちの正義感を振りかざして、集団で杉本君を吊し上げにして暴言を吐きまくったことが許せないんだよ」

怒っているのではなく、許せないだけ？

それは——同じことではないのか？

「違うよ」

ためらいもせず、鷹司は即答《そくとう》した。

怒っているから許せないのではなく、許せないから憤《いきどお》っている。

白河には、それが単純に『イコール』にしか思えないが、鷹司は違うのだという。

「市村君は……たぶん、蓮城君もだと思うけど。許せることと許せないことの境界線が、すごく明確なんだと思う」

許せること。

——許せないこと。

そのボーダーラインを踏み越えてしまうから、憤激《ふんげき》に直結するのではないのか？

だからこそ、翼は容赦のない三倍返しを有言実行しているのだろうし、龍平は大魔神に変貌するのだろう。

なのに、鷹司は言うのだ。

「それは、ただの結果論でしょ？　あの二人のやることがあんまりド派手だから、みんな、そっちにばっかり目がいって肝心なことが見えてないような気がする」

見ているモノが結果論ならば、見えない部分には何があるというのだろう。

それが、あの三人をあんなふうに結びつけている『絆《きずな》』だというなら、白河は、それが何なのかを知りたかった。ただの好奇心だけではなく、真摯に。

「僕は、蓮城君も市村君も、そこらへんはすっごくシンプルだと思うんだけど」

両極端《りょうきょくたん》に弾《はじ》けまくっているあの二人の思考回路なんて、まったく……ぜんぜん見当もつかない。それがわかるということは、つまり、鷹司も類友なのだろう。

「あの二人が許せないのはたったひとつだけ……。不当に杉本君を傷付ける連中だけ——じゃないかな」

白河は半ば啞然とした。鷹司の言っていることが、ただの『過保護』な台詞にしか聞こえなかったからだ。

自分を傷付ける者ではなく？

そんな単純な理由だけ？

「白河には『そんな理由《こと》』でも、あの二人にとってはそれで充分なんじゃない？」

その言いざまがあまりに黒崎と酷似《こくじ》していて、白河は内心ドキリとした。

あの二人にとって『杉本哲史』という存在は、それほどの価値があるのだろうか。

どこに？

何が？

白河には、どう見ても、あの三人の関係はどこかアンバランスというか……歪《いびつ》に思えてしょうがない。だから、白河は本音で聞いてみたくなったのだ。

「ぶっちゃけ……聞いていい？」

「何を？」

「杉本って……何がスゴイの？　あたしには、ちょっと可愛《かわい》いだけのパンピーにしか見えないんだけど」

するど。鷹司は唇の端でクスリと笑った。

「杉本君がスゴイのはね、彼がただのパンピーにしか見えないってとこ」

「——え？」

「超絶美形の俺サマと天然脱力キングを両腕《りょううで》にまとわりつかせて、どこでも、誰の前でも平然と歩けるんだよね、杉本君」

「それは、見てればわかる」

「ホントに？」

「だって、まんまじゃない」

「そんなふうに、白河が何の疑問にも思わないってとこがスゴイなって思うんだけど、僕」

「はぁ？」

「普通はさ、そんな常識外れが両腕にぶら下がってるだけでプレッシャー…っていうか、コンプレックスで潰れちゃうでしょ？」

「だから、それを、あの二人が別方向で睨みをきかせてカバーしてるんじゃないの？」

「そういうふうにしか見えてないから、みんな、杉本君のことを読み違えるんだよ。白河にもちゃんと、目眩《めくら》ましがきいてるってとこがスゴイよね」

目眩まし……。

意味深な口調に、なぜか……ガツンと後頭部を殴《なぐ》られたような気がした。

「見た目アンバランスなのに、絶妙《ぜつみょう》なバランスっていうの？　杉本君ってね、そういうことをさりげなーくヤッちゃえる達人なんだよ」

アンバランスな中の……バランス。

「あれって……均等なの？」

「白河には、歪な二等辺三角形にしか見えないのかもしれないけど。彼らの関係って、ちゃんと正三角形《トライアングル》なんだよ？」

視界の暴力——だの何だの言われながら、あの三人が三人でいることがあまりにも普通だったので、そういう関係が均等であることすら気がつかなかった。

いや。沙神高校の双璧《そうへき》と言われる二人に挟まれた哲史の見かけが見かけなので、そういうことはあり得ないという刷り込みがきっちり入ってしまっていたのかもしれない。

「だから、普通はみんな、あっさり騙《だま》されるわけ。杉本君のスゴさに、ぜんぜん、まったく、気がつかないんだよ」

聞いているうちに、白河はなんだか訳もわからず鳥肌《とりはだ》が立ってきた。

『なんで、あんな冴《さ》えない奴が、幼馴染み？』

『なんか、チグハグって感じ』

『まるで引き立て役にもなってねーじゃん』

『あーゆーのって、ミジメかも……』

聞き慣れた哲史に対する周囲の評価が、白河の中で一気に覆《くつがえ》っていくような気がした。

「だからね、白河。よけいなマネはしない方がいいと思うよ？　杉本君がただのパンピーだと思って舐《な》めてかかると、必ず、キッツイしっぺ返しを喰《く》らうから。誰かのためとか、何かのためにとかいうボランティア精神って、逆説的に言えば、自己満足のためのただのお節介《せっかい》ってことでしょ？」

ドキリとして、何も言い返せなかった。

クラスメートのために……。

自分たちは彼のためによかれと思って……。

そう言って白河の前で号泣《ごうきゅう》した大津のことが、ふと、頭をよぎった。

「その点、蓮城君も市村君も、言ってることもやってることもスッキリと明快だから。あの二人、杉本君のためだとか、一言も口にしてないんだよ。気がついてた？　自分が許せないことを許せないって、きっちり自己主張してるだけなんだよ」

自己主張と自己責任。

自分の言動に責任が持てなければ何も言う権利はない――のだと、鷹司に言われたような気がした。

「チョッカイを出すなら、それなりの代価はきちんと払わないと。自己責任って、そういうことでしょ？　それが予想外に高くついたからってバックレるのは、やっぱり、ただの根性ナシだよ。自分の言動に自信があるのなら、逃げも隠《かく》れもする必要はないんだし。なのに、市村君に『許せない』って言われただけでグラついてしまうような信念なんて、そんなの、結局、行き当たりばったりの嘘《うそ》っぱちじゃないの？」

さりげなく辛辣な鷹司の言葉が、いつまでも耳を離《はな》れない。

哲史本人はいたって常識人だが、その両隣に張り付いているのが常識外れな傑物《けつぶつ》であることを、白河は今更のように実感する。

ただのパンピーにしか見えない哲史があの二人を両腕にまとわりつかせているから、両極端に際立《きわだ》ったあの個性が相殺《そうさい》されるのだろう。それが、あまりに視界に馴染んだ日常なので、普段は誰もそのことに気付かない。鷹司が言いたかったのは、そういうことなのだろうと。

そのとき、初めて。白河は、黒崎が言う『最強のコントローラー』の意味を理解できたような気がした。

「さぁ、インターハイ予選もそろそろ始まるし。あたしたちも、気持ちを切り替えて頑張るしかないね」

阿部の言葉に、皆が力強く頷く。

大津のことが気にならないと言えば、嘘になる。それでも、気持ちだけでは動かない現実もある。それを、痛感しないではいられない白河だった。

＊＊＊＊　V　＊＊＊＊

金曜の放課後。

帰りのHRが終わったあとの、解放感にざわついた教室。

「杉本ぉ、面会ッ」

いきなり名前を呼ばれて、哲史が視線をやると。廊下《ろうか》の窓から、鷹司がニッコリ笑って手を振っていた。

（鷹司……さん？）

思わずドッキリ、鼓動《こどう》が跳《は》ねる。

（……なんだろ？）

鷹司がわざわざ、放課後に哲史のクラスまでやってくる──理由。

ぜんぜん、まったく、思い当たらない。

──が。とりあえず、鞄《かばん》はそのままにして廊下に出て。

「どうも、です」

ペコリと頭を下げる。

こうやって顔を合わせるのは、緊急クラス会以来である。もっとも、あのときは黙礼《もくれい》だけで言葉を交《か》わす間もなかったが。

「ゴメンね、突然《とつぜん》。今……いい？」

龍平とは別口で、鷹司の声は相変わらず耳に優しい。そんな声で、しかも、柔らかな微笑《びしよう》付きで誘《さそ》われたら、まず『NO』と言える奴はいないだろう。まぁ、例外中の特例もあるにはあるが。

「あ……ハイ。大丈夫です」

「じゃ、ちょっと、付き合ってくれる？」

（え？　場所替《が》えするほど深刻な話？）

てっきり、この場で立ち話程度のことかと思っていたのだが……。

（あー……でも、俺と鷹司さんじゃ、かえって悪目立ちかも）

とりあえず、二人が肩を並べて歩き出すと、皆が興味津々《きようみしんしん》で振り返る。

（はぁ……。やっぱ、なぁ……）

執行部副会長が三階《二年クラス》に何の用？——というより、単純に、哲史と鷹司のツー・ショットが気になるからだろう。ただの物珍《ものめずら》しさではなく、その意味を知りたくて。

なにせ。一年五組の連中が、ようやくクラスに復帰したばかりである。そんなときにオブザーバーとして参加した哲史と鷹司が揃《そろ》って歩けば、そのインパクトも注目度も半端《はんぱ》ではない。

鷹司はどこに行くとも言わず、哲史は何の用かも聞かず。結局、本館の生徒会執行部室へと促《うなが》されるまで、二人の間には会話らしい会話もなかった。

中に入って、哲史はほんの一瞬《いっしゅん》——小首を傾《かし》げた。

(あれ？　藤堂さんがいない)

執行部室だから、当然、会長である藤堂に呼ばれたのだと思っていたのだ。哲史の頭の中では、いつでも二人がセットでインプットされている証《あかし》である。

(もしかして、あとで来るのかな)

初めて入った執行部室の物珍しさもあってキョロキョロしていると、

「適当に座ってくれる？」

鷹司に促されて。とりあえず、立っているところから一番近い席に座る。すると、鷹司はその正面に腰《こし》を下ろすなり、

「えーと、それでね。ちょっと、杉本君に話があって」

そんなふうに切り出した。

(え？　藤堂さん抜きで？　じゃ、別に執行部関係ってわけじゃないのか)

そのことに、ようやく思い至って。

「あ……ハイ」

ほんの少しだけ緊張《きんちょう》ぎみに、哲史は姿勢を正す。

「あのね。実は、その……」

鷹司らしくもない、歯切れの悪さであった。口調は柔らかく、淀《よど》みのない滑舌《かつぜつ》の良さ。それが、哲史のイメージする鷹司だったのだが。

「実は、ね。昼休みに……一年五組の高山君が僕のクラスに来てね」

一瞬——目が点になる。

「高山が、ですか？」

「そう」

「……なんで？」

「君に、謝りたいんだって」

「はぁ？」

まさか、こんな所に呼び出して、鷹司がドッキリまがいの冗談を言うわけがない。それは、わかるが。正直、哲史はどういうリアクションをすればいいのか……わからなかった。

「君を呼び出して暴言三昧《ざんまい》で、怪我《けが》までさせたことをきちんと謝りたいんだって」

「や……今更、謝りたいとか言われても……」

おまえら、何様？——的な暴言三昧だったことは、確かだが。実のところ、哲史は高山の顔もよく覚えていなかった。第三ミーティング・ルームでようやく、高山のビビリ顔と名前が一《いっ》致《ち》したくらいだ。

「それに、俺を殴《なぐ》ったのは高山じゃないし」

「ウン。だからね。彼としては、そこらへんのことをモロモロ含《ふく》めて、気持ちの整理をつけたいってことじゃないかな」

「気持ちの整理……ですか？」

しんなりと、哲史の眉が寄る。

「あいつ……。気持ちの整理がついたから復学してきた——わけじゃないんですか？」

たとえ、どんな葛藤《かっとう》があったにせよ、不登校を止めたのは自分自身へのケジメがついたから……ではないのか。

「こないだの緊急クラス会なんだけど。杉本君は、その後の顚末《てんまつ》は聞いてる？」

「えーと……それは、どういう？」

「僕たちが帰ったあと、第二ラウンドが始まってね。鬱屈《うっくつ》した本音炸裂のトークバトル？　なんか……スゴかったらしい」

なにげにサラリと口にする鷹司の言葉の意味を反芻《はんすう》して、哲史はほんのわずか唇を引きつらせた。

（マジで、か？）

「まぁ、それは五組の問題だから、僕たちが横から口を挟むことじゃないんだけど」

「……ですよね？」

（あー、ビックリした。もしかしてトークバトルのトバッチリまで飛んでくるのかと思って、ちょっと……マジで焦《あせ》ったぁ）

冗談でなく、だ。一年五組絡《がら》みでは本当に何が起こるか……まったく予測不能だからだ。

「つまり、高山君としては、そこでいろいろ思うことがあったんだろうね」

しごく淡々《たんたん》した鷹司の口調からは、まだ本音が見えない。

周囲の者たちは、哲史と鷹司が親密だと誤解しているようだが。実のところ、中学の先輩・後輩といっても、鷹司とは擦《す》れ違《ちが》い様に挨拶《あいさつ》をする程度の付き合いでしかない。

そんな鷹司絡みで、哲史が生徒会執行部に強力なコネを持っている——とか。まことしやかな大嘘《おおうそ》が尾《お》ひれ付きまくりで校舎中を駆《か》けめぐったときには、哲史はただもう、ひたすら唸《うな》るしかなかった。

真相を問われれば否定はしたが、聞かれないことまでいちいち否定して回《まわ》る暇も根性もなかったので、結局は垂れ流し状態だ。

『パンピーのくせに大物喰《おおものぐ》い』

などと言われても、哲史としては、もはや乾いた笑いしか出なかった。

こんなふうに二人だけでじっくり話す機会など、一度もなかった。そんなものだから、哲史としては今イチ鷹司の真意が摑《つか》みづらい。

いったい、鷹司は、自分に何を期待しているのだろうかと。

「はぁ……。それで、俺に謝れば高山的には気持ちがスッキリすると？」

高山が気持ちの整理をしたいのは勝手だが。なぜ、わざわざ、自分がそれに付き合わなければならないのだろう。しかも、鷹司まで巻き込んで？

（それって——どうよ？）

哲史としては、先週の土曜日でスッキリ・クッキリ・バッチリ——決着《ケジメ》はついたと思っていた。

「あのぉ、鷹司さん」

「はい？」

「ブッちゃけ、俺はもう、五組の奴らとは変に関《かか》わりたくないんですけど」

「——だよねぇ」

「はい。いつまでもズルズルっていうのがイヤなんです」

こういうことは角が立たないように言っても無駄なので、哲史の口調も自然とキツイものになる。

「今更、俺がこんなことを言うのも何なんですけど。あいつらの思考回路がどうなっているのか、俺にはまったく理解できません。つーか、ケジメって意味、ちゃんとわかってんのかなぁ……って」

いくら深刻ぶってはいても、結局、彼らの頭の中はすべて自分中心で回っているとしか思えない。

「他人の気持ちなんかまるでお構いなしに、自分が楽になりたい方ばかりを選んでるような気がするんですけど」

その場しのぎの心のこもらない謝罪は、ムカックだけだが。謝ったらそれですべてをチャラにできると思っているのなら、それはただの傲慢《ごうまん》だろう。

高山は、哲史に謝罪したいという。

何のために？

自分の気持ちをスッキリさせて、高校生活を一からリセットしたいからか？

感情論抜きで言わせてもらえば。本当に謝罪をしたいと思っているのなら、高山が直接、哲史のもとに来ればいいのだ。わざわざ鷹司に、そのセッティングを依頼《いらい》する必要はない。

心底、自分が悪かったという自覚があるなら、よけいなことをしないで正攻法《せいこうほう》で来ればいいのだ。

高山の気持ちに嘘がないのであれば、今更、変に体裁《ていさい》をつける必要などない。

そう、思って。

ふと……気付く。

（あー……でも、それは、別の意味でヤバイかも）

もしも、現実にそうなったら。また、あれこれと物議を醸《かも》し出すことになるかもしれないな
と。今度こそ、哲史と高山のガチンコだ。

そしたら、また、煩《わずら》わしさが倍増するだけなのだろう。

(う〜〜〜ッ。それも、勘弁って感じ)

どちらにしても、哲史的には遠慮したいところだ。

「僕もね。ケジメをつけるために緊急クラス会をやったんだから、だったら、それでいいんじ
ゃないかなって。さりげなーく、それとなーく言ってみたんだけど。高山君的には、そこをク
リアにしないと復学してきた意味がない——とか、頭ガチガチになってるみたい」

頭ガチガチ……。

つまり、自分のことしか見えていないということだろう。

(それって、結局、前と何ひとつ変わってないってことなんじゃねーの?)

哲史は、どんよりとため息を漏らす。

「僕としても、強制ボランティアは嫌いだから。だから、そういうセッティングをしてもらい
たいっていう高山君のお願いは却下《きゃっか》させてもらったんだよね」

「え…?」

思わず、マジマジと鷹司を見やる。

哲史はてっきり……。言い方は悪いかもしれないが、話の流れからして高山からのメッセン

ジャーだとばかり思っていたのだ。

「じゃ……あの……」

するど。鷹司は、唇の端で小さく笑った。ニッコリでもなく、やんわりでもなく、どちらかといえばひどく人の悪い笑顔で。

「やだなぁ、杉本君。僕が、お節介《せっかい》なタダ働きなんかするはずないでしょ？　それも、緊急クラス会で、あんなモノを見ちゃったあとに」

「や……だって……その……」

自分の勘違《かんちが》いに気付いて、しどろもどろの脂汗垂れ流し――な哲史であった。

「だから、これは、平穏な学園生活を送るためのちょっとした事後報告ってとこ？」

「はぁ……。そう、ですか」

それにしては、心臓に悪い。

「五組の子たちが復学してきて、体裁としてのケジメはついたみたいだけど。火種は、相変わらず燻《くすぶ》ってるってことだから。そこらへん、杉本君にはきっちり念押ししといた方がいいかなって」

「――ですね。ありがとうございます」

「いえいえ。どういたしまして」

価値観は人様々だということを、哲史は改めて実感せずにはいられない。

わざわざ鷹司がそれを哲史に言いに来るということは、そういうことなのだろうと。

◆◇◆◇◆

その夜。

いつものように、翼と二人で夕食を済ませたあと。深蒸《ふかむ》し茶の『泉寿《せんじゅ》』を味わいながら、翼がなにげにボソリと言った。

「哲史。鷹司がわざわざ放課後に、何の用だったんだ?」

「え……? 翼、なんでそれを知ってンの?」

「——見てた」

「あ……なんだ。そうなんだ?」

まったく、目聡いよなぁ……。

——とか、思う哲史は。放課後の廊下で鷹司と二人肩を並べて歩くことが、どれほど悪目立ちするか。わかっていても、実は、それほど気に留めてはいない。今更……だからだ。

だが。翼は違う。

一年五組問題が一応の決着を見ても、周囲が誰もそれを実感していない——あるいは、漫然《まんぜん》とした不安めいたものを抱《かか》えているからではない。翼にとって、哲史と鷹司のツー・ショットはただの悪目立ち以前の問題だった。

生徒会執行部副会長の鷹司は、癒し系美人である。

――が。翼はそんな肩書《かたが》きなどには何の興味もなかったし、鷹司自身にもまったく関心はなかった。

小日向《こひなた》中学でもそうだったが、一学年上の鷹司とは共通の接点などひとつもなかったので、今までは翼の視界にも入ってこなかった。

ぶちまけて言ってしまえば、哲史と龍平以外はすべてが一括《ひとくく》りのポイ捨て状態だったようなものだが、それで何の不満もなければ不都合もなかった。

けれども。最近になって、そこらへんの事情は一変してしまった。やたら、鷹司の名前とその姿が視界の中に入ってくるようになったからだ。ついでのオマケで、生徒会長の藤堂も。

よくよく考えてみれば、そのきっかけを作ったのは翼自身だ。

そのときは、鷹司本人がどうこうというより『生徒会執行部』という肩書きが親衛隊のバカヤローどもにとっての抑止力《よくしりょく》になればいい……ぐらいのことしか考えていなかった。なので、まさか、それがここまで大きく絡んでくるとは思わなかった。

実際、執行部コンビの名前を出しただけで連中が即《そく》不登校になるとは……考えもしなかったのだ。

翼にとっては何の意味もない肩書きでも、連中にとってはすこぶる痛かった。つまりは、そういうことなのだろう。

鷹司が、哲史にとっては害にならないことはわかっている。けれど、腹は見えない。

その点、翼の一言で強制的に不登校問題に引きずり込まれてしまい、あからさまに不快なオーラを垂れ流している藤堂の方がまだしもわかりやすい。

顔見知りの中学の先輩というだけで、哲史が無防備になってしまっているわけではないのはわかるが。どっちにしろ、翼にしてみれば視界の異物であることに違いはなかった。

「鷹司、なんだって？」

「なんか、高山に変なこと頼まれちゃったみたいでさ」

高山の名前が出ただけで、条件反射のごとく翼の眦《まなじり》が吊り上がる。

「でも、それはきっちり断ったらしいから、別に心配はないんだけど……」

とりあえずサクサクと、哲史は執行部室でのことを白状する。鷹司の好意の表れ（…少々、心臓には悪かったが）は無駄に隠《かく》すようなことでもないし。むしろ、翼には知っておいてもらった方があとあと面倒《めんどう》なことにならなくて済む。

「火種は燻《くすぶ》ってる……か」

「ウン。やっぱ、何もかも一度にカタがついたと思っちゃダメなんだろうな。お父さんも言ってたけど、目に見える事実はたったひとつでも、そこに至るまでの真実は人の数だけあるわけだし」

事実と真実は同じことのようで、実は――違う。それは、尚貴が弁護士として携《たずさ》わってきた様々な事件の中で得たひとつの真理であるのかもしれない。

哲史にとって尚貴は、ある種の指針である。こうありたいと願う理想の『大人』……。それを口にすると、翼は微妙《びみょう》に何とも言いがたい顔をするが。

「まっ、要するに、付け入る隙《すき》を見せなきゃいいってことだ」

「そうだな。俺たちは俺たち……なんだから。自分がちゃんとしてれば、変なふうに流されることもないし」

迷っても揺らがないでいられるのは、傍らに頼れる存在があるからだ。

できること。

――できないこと。

必要なもの。

――要《い》らないもの。

譲《ゆず》れないこと。

――許容できること。

それは他人が決めることではなく、自分で選択《せんたく》すべきことなのだ。

後悔《こうかい》しないための選択ではなく、欲しいものを欲しいと言える気持ち。

自分の足下《あしもと》をしっかりと見定めて、流されずに踏みとどまる――勇気。

あるいは、斬《き》り捨てるための決断。

何かを選ぶということは、何かを捨てるということだ。

捨てたモノは、元には戻らない。

だから、よく考える。

たとえ、それが、皆の言う『常識』からはみ出してしまっていることでも、自分にとってそれが、どうしても譲れない大切なものであれば、きちんと口に出して行動するしかない。

◆◇◆◇◆

週末の特別な夜。

甘くて。

きつくて。

熱い——キスをする。

何も言わず。

——聞かず。

ただ、互いの温《ぬく》もりを確かめ合うようなキスをする。

抱きしめて。

抱きしめられて……。

どこもかしこもピッタリと密着するように、絡め合う。

腕《うで》を。

——胸を。

——足を。

そして、気持ちを。

そうすると、互《たが》いの熱がどんどん高まってくるのが実感できる。

ジンジンした疼《うず》きが一気に熱をもって。密着したモノが互いの腹で擦《す》れて。自分だけではなく、その熱も、気持ちも、快感も……ちゃんと伝わっているのだと思うと、泣きたくなるほど幸せな気持ちになる。

肉厚なのに繊細《せんさい》な翼の舌が、口腔《こうこう》を嬲《なぶ》る。歯列をチロチロとくすぐるように。下も上も、たっぷり舐《な》め上げ、ねじるように舌を絡ませ、ねっとりと吸い上げる。

その頃になると、もう息が上がって。翼のキスに引き摺《ず》られて快感が波打ち、頭の芯《しん》が鈍《にぶ》く翳《かす》んだ。

クチュリ……。

あざといほどに湿《しめ》り気を帯びた交接音は、どこまでも淫《みだ》らだ。フワフワとふらついていた意識がフワリと戻って目を開けると、翼が口の端で笑った。

いつもの冷ややかさなど欠片《かけら》もない、甘やかな微笑《びしょう》……。

傲岸不遜の俺サマ《美貌のカリスマ》、だの。

氷点下の貴公子《アイス・ノーブル》、だの。

ブラック大魔王《地獄の大天使》、だの。

世間ではいろいろド派手に言われている翼だが、滅多《めった》に見せない笑顔は、本当に綺麗だ。つい、見惚れてしまう。

せっかく綺麗な笑顔なのだから、普段からもっと笑えばいいのに。

(ホント、もったいないよなぁ……)

その反面。翼のそういうごくごくプライベートな笑顔を知っているのが、自分だけなのだと思うと。

(俺の翼……なんだよなぁ)

ほかの誰も知らない、自分だけのモノ。

それを思うと、密《ひそ》やかな独占欲で胸の奥がジワリと熱くなる。

(やっぱ、もったいないや。翼の笑顔を独《ひと》り占《じ》めにできるなんて、サイコーだし)

内心、ふふふ……な哲史であった。

「おまえ、ホント、キスが好きだよな」

いつもは低く通る声も、トロリと甘い。だから、

「ン……。翼とするの……好き」

何のテレもなく、その言葉が口を衝《つ》いて出る。

「キスが好きなんじゃなくて、翼とするキスが好き……なんだよ」

誰でもいいわけじゃない。翼が——いいのだ。

キスだけで幸せな気分にしてくれる、翼が好きなのだ。

「俺……翼のこと、スゲー好きだから」

拙《つたな》くてもいい。その分、真摯に想いを込める。

「キスしてもいいくらいに、か？」

「違《ちが》う。セックスできるくらいに」

すると。翼の笑《え》みがずっと深くなった。

「スゲー殺し文句だな」

笑みを孕《はら》んだ声音《トーン》は、もっと……ずっと甘くなる。

「ホントだぞ？」

「——知ってる」

「ホントに？」

「あー……。だっておまえ、俺とキスしただけで、いつも、乳首《ちくび》ビンビンに尖《とが》らせてるし」

言いながら、指の腹で乳首をなぞり。その刺激《しげき》に、思わず首を竦《すく》めた哲史の耳たぶをペロリと舐めて。

「ンッ……」

「ここ……も」

微熱《びねつ》のこもった股間《こかん》を。

「すぐに膨《ふく》らんでくるしな」

これ見よがしに、膝頭《ひざがしら》でゆったりと押し上げる。

それで、哲史の首筋まで一気に赤く染まると、

「けど——まだ、足りないだろ？」

ねっとりと甘く、哲史の羞恥心《しゅうちしん》をかき乱した。

「どっちから、して欲しい？」

何を？

——でもなく。

どこを？

——とも、言わず。

指の腹で胸の尖りを押しつぶすようにこねながら、膝頭でグリグリと股間を嬲る。

とたん。ヒクリと身じろいで、

「や……ンッ……つば…さッ……」

哲史の声が裏返り、吐息《といき》が跳《は》ねた。

「俺は、おまえの乳首嚙《か》んで……吸いたい」

──真っ赤に熟《う》れて、芯ができるまで。

舌の先でねぶって、もっと尖らせて。その凝《しこ》った尖りを嚙んで──吸いたい。

欲望は、しごくシンプルだ。

「タマ……揉《も》んでやるから」

──指先で摘《つ》まんで、掌《てのひら》で……こねてやる。

ふたつの珠《たま》が袋《ふくろ》の中でジュクジュクに熱を持つまで、揉んでやる。身をよじり、喘《あえ》ぎ声が嬌声《きょうせい》に変わるまで。

普段はスッキリと凜々《りり》しい哲史の声が潤《うる》んで掠れ、切れ切れになるその瞬間が、すごく……いい。

「好きなだけ、イッていいぞ？」

──みんな、飲んでやるから。

何も吐き出すモノがなくなるまで、全部。先端《せんたん》の切れ目を擦《こす》って、ピンク色の秘肉を爪《つめ》で剝《む》き出しにし、尖らせた舌でほじってやる。

一滴の雫も残らないように扱《しご》いて──吸ってやる。

それを思い描くだけで、翼の下半身も疼いた。

「ンで、そのあと……挿《い》れてやる」

──奥の奥まで突っ込んでやる。

狭《せま》くて熱いそこに挿れるのはきつくて、一度に全部を押し込むのは無理だが。ミチミチにくわえ込んだその感触《かんしょく》を覚えてしまうと……癖《くせ》になる。

いいところをいっぱい擦って、揺《ゆ》すって……抉《えぐ》ってやる。足も腰《こし》も、ガクガクになるまで。何も──誰のことも考えられなくなるように。

そうやって身も心もひとつに熔《と》ける瞬間が、翼にとっての至福だ。

「……いい？」

この上もなく優しく淫らに熱のこもった翼の言葉に、哲史は夢中でコクコクと頷く。

「ンじゃ、ほら。ちゃんと、目を開けてろ」

「翼ぁ……」

「ダメだ。ちゃんと目を開けて、俺を見てろ」

キスをするときには目を瞑《つぶ》っていても何も言わない翼が、なぜ、そうもこだわるのか。哲史には今イチ、よくわからない。

それでも。そうしないと、翼は何もくれない。何も……。

優しいくせに、意地悪で。どこまでも……甘い。

だから。哲史は、ともすればトロトロになってしまいそうな瞼《まぶた》を必死でこじ開けて、潤んだ

目を向ける。翼が与《あた》えてくれる快楽を享受《きょうじゅ》するために。

世間様では。女の乳房《ちぶさ》に固執《こしゅう》する男はたっぷり甘やかされたマザコンか、母親の愛情が足りなかった欠乏症《けつぼうしょう》——そのどちらかだと、言われているらしいが。何の膨らみもない、真っ平らな胸に愛《いと》おしさと剝き出しの独占欲を感じる自分は、きっと、哲史に餓《う》えているのだろう。翼は、そう思う。

一緒に暮らし始めて、まだ三年目。

プライドと意地が邪魔をしてなかなか想いを告げられなかった年月の、ほんの三分の一でしかない。両思いになった幸せを差し引いても、飢渇感《きかつかん》を覚えるには充分すぎる。

まだ——足りない。

もっと、欲しい。

込み上げる執着心は、留《とど》まるところを知らない。

ゆったりと……きつく、指の腹で擦り上げ。ほのかに色づいた乳首《とがり》を乳輪ごとギュッと摘まんでやる。

そうすると、普段は存在感など主張することのない乳首のどこに芯《しん》ができているのか、よくわかる。

ピンと尖りきった乳芯の——根。まだ硬くて熱を持たないそれを刺激するように、ゆるゆると弄《いじ》ってやる。

「……ったいッ……」

裏返って掠れる吐息をキスで吸い取ってやると、哲史はすぐにおとなしくなった。

哲史にだって、よくわかっているのだ。そこが自分の性感帯なのだと。もう数え切れないくらいに何度も、翼がそれを教えてやったから……。そのたびに、

『そんなとこイジられて感じるなんて、なんか恥《は》ずかしいから……イヤだ』

哲史は顔を真っ赤にして、あーだのこーだの、いろいろゴネまくってくれたが。潤んだ蒼《あお》い目でそんな泣き言を言っても、可愛《かわい》すぎるだけだ。

股間を揉まれるのはよくても、乳首を弄られるのは恥ずかしい。

それは、どういう理屈《りくつ》だ？——と、翼は思ったが。

股間を揉みしだかれるのは快楽に直結しているから羞恥心が焼き切れるのも早いが、乳首を弄られると融点《ゆうてん》に達するまでの時間が長くて、その間、自分が惚《とろ》けていく様をつぶさに見られるのが恥ずかしい——らしい。

（いいじゃねーか、俺が楽しいんだから）

どっちにしろ、哲史が可愛いことに変わりはないし。乳首を弄って哲史が更に可愛くなるなら、翼としては本望《ほんもう》である。

翼にはそれだけのことだが。哲史には哲史なりの羞恥心の優先順位がある……らしい。

凝った快楽の根は摘み揉んで、充分にほぐしてやらないと発芽しない。だから、哲史は息を詰《つ》めて待っている。翼の指で、そこを揉みほぐされるのを。

指で摘んだそれを擦り合わせるようにきつく揉むと、哲史の眉間《みけん》がわずかに寄る。

だが。それも、いっときのことで。じきに、哲史は、翼の指の動きに合わせて呼気を揺らしはじめた。

そうすると、放っておかれた右の乳首がプッチリと立ち上がってくる。

それが、哲史が言うところの『痺れ《快感》のパルスが通る』ということなのだろうが。どんなふうに哲史が快感を得ているのか、それが一発でわかる——というのも、翼にとっては外せない重要なポイントである。

尖《とが》りきった右の乳首を舌先でそっと弾いてやると、

「ひゃっ……」

哲史はビクビクと喉《のど》を震《ふる》わせた。

きっちりと芯ができているのがわかって、翼はわずかにほくそ笑《え》む。

これで、両方の乳首を同時に可愛がってやれる。指と、舌で……。

ピンクに色づいて芯ができた乳首を噛んで吸われると、爪先《つまさき》までジンジン痺《しび》れる。だから……

……イヤだ。

哲史は、首筋まで紅潮させてそれを言うが。尖らせた乳芯を揉みほぐして快感に繋《つな》げてやるのは、翼の当然の権利だ。

自分の乳首などにはまったく興味はないが、哲史のは別だ。可愛いし、楽しいし、しかも……美味《おい》しい。

左の乳首をきつく揉みながら、舌で右の乳首を弄ってやる。放っておいた分だけ、たっぷりと舐《な》め上げ。舌先で尖りの先端を弾き。好きなだけこね回して――甘咬みする。

そのたびに、哲史は喉を反り返らせて甘い声を上げた。

「翼……ヤだ……。それ……ヤ…だってぇ……」

さんざん乳首を嬲られ、喘がせられ、身体中のどこもかしこもジクジクと疼いている。なのに、下半身に溜《た》まった熱を吐き出すにはまだ足りなくて……。

もうちょっとだけ、強い刺激が欲しい。

快感の波が来るまで、あと少し……。

だが。自分で握って擦ると、翼が怒る。

以前。そういうことをやって、すごく――怒られた。

いい気持ちで、もう少しでイけそうだったのに。いきなり手首を摑《つか》まれて、

「何やってんだ、哲史」

耳元で凄《すご》まれたときには、滾《たぎ》り上がった熱も一気に冷めた。その上、そこをギュッと鷲掴みにされて、

「おまえのミルクを搾《しぼ》り取るのは俺のお楽しみなんだから、勝手にイくんじゃねーよ。今度やったら――泣かすぞ」

クッキリ、ハッキリ宣言されて。哲史はぎくしゃくと頷くしかなかった。やると言ったら、絶対に有言実行な翼なので。

いつもだったら先に一度イかせてくれるのに、今夜は……違った。

痺れの抜けない足首を摑まれて、いきなり股間《こかん》を全開にされた。

哲史はそこを口で愛撫《あいぶ》されるのは、あまり好きじゃない。翼のモノを舐めてしゃぶるのにはまったく抵抗《ていこう》がないのだが。

なぜ……といって。いつもは余裕の翼が、切羽詰まった喘《あえ》ぎ声を漏らすことなど滅多にないからだ。だから――楽しい。口の中で、翼の熱が溜まって硬くしなる様は、

(うわ……デカイ)

別の羞恥心《しゅうちしん》も搔《か》きむしられるし。そのデカくて硬くしなったモノが自分の中に入ってくるのだと思うと、

(なんか……すっごくビビッてくるんだけど)

それだけで、心臓がバクバクになってしまう。

いつも自分ばっかり喘がされるのは、ちょっと不公平な気がする。それを言ったら、もの凄くビミョーな顔をされたが。

とにかく。あれをされると、あまりに生々しくて……気持ちよすぎて、頭の芯が一気にスパークしてしまう。快感が強すぎて、逆に感情が置き去りにされるような気がした。

一人で全力疾走《しっそう》させられたあとの脱力感《だつりょく》。だから、嫌なのだ。

抱《だ》き合って。

昂《たかぶ》り上がって。

イくなら、やっぱり翼と一緒がいい。

哲史はいつも、そう思っているのだが。開いた太腿《ふともも》を閉じることができないように両腕を張ってブロックし、翼は剝き出しになった哲史の股間に顔を埋《うず》め、熱心にしゃぶっている。硬くしなってトロトロと蜜《みつ》をこぼし続けるモノには見向きもしないで、その茎《くき》の下に成っているふたつの果実にむしゃぶりついている。

翼のしなやかな手でそこを握り込まれ、掌でゆったりと揉まれるのは……気持ちがいい。キスをしながらそれをされると、もう身体の芯までとろけてしまいそうになる。

しなりきったモノを擦り上げられて射精する失墜感《しっつい》よりも、もしかしたら、そっちの方が好きかもしれない。

けれども。双珠を咥《くわ》えられて口の中で転がされるのは、ちょっと——怖い。大好きな翼が相手であってもだ。

やはり、そこが男の急所だからかもしれない。

急所を相手に曝《さら》すのは絶対服従の証である。哲史の場合、それは翼に対する絶対的な信頼と情愛であり、翼がそれをカサに理不尽《りふじん》な要求を突きつけたことなどただの一度もない。まぁ、ときどき……意地悪はされるが。

普段はちんまりと袋の中に収まっている珠をひとつずつ選《よ》り分けるように食《は》まれ、舌を絡ませてしゃぶるように吸われると、爪先までビリビリと熱い電流が走る。

甘い囁きととろけるようなキスをされながらヤワヤワと揉み込まれるのは好きだが、さんざんしゃぶられて過敏《かびん》になった珠《たま》を歯で甘咬みにされると無意識に鳥肌が立ってくるのだ。

片方だけでもそれなのに、ダブルでやられると後蕾《こうらい》までもがキュッと引き締まって、中の粘《ねん》膜《まく》がヒリヒリと灼《や》けついた。

怖いのに——よすぎて。あまりにも快感が深すぎて……。自分でも、何が何だかわからなくなってしまうのだ。

ましてや。双珠を甘咬みされながら後蕾をユルユルと撫《な》でられたりすると、腰がガクガクになるどころか、本気で気をやってしまって頭が真っ白になる。

イヤだ。

……ダメだ。
おかしくなるから……。
気持ちよくて。
――怖い。
しゃぶられすぎた珠が擦《こす》れて……痛い。
ジンジン痺れて。
ビリビリ疼いて。
――たまらなくなる。
ダメだ。
イヤだ。
――咬《か》まないで。
千切れちゃうよ。
潰れちゃうよ。
――怖いってぇ……。
「翼……つばさぁ……ヤ、だって。な……な？……それ、しないで……つばさぁ」
ビクビクと太腿を引きつらせて、哲史はエグエグと喉を震わせた。

目が覚めると、そこは、見慣れてはいるが自分の部屋ではなかった。

（——あれ？）

パチクリ、と。思わず視線を巡《めぐ》らせて、となりで眠《ねむ》っているのが哲史だと知り、

（あ……そっか。そのまま寝ちまったのか）

ふっと、記憶が戻る。

いつもなら、事が終わったあとに、そのまま寝込むようなヘマをやらかす翼ではない。たとえ、どちらの部屋のベッドで始まろうともだ。

一応、尚貴の手前、万が一ということもあるし。特に、中出ししたあとの始末はきちんとやらないと、哲史の負担が大きい。

日常生活では何事に付け冷淡《れいたん》で、自分の決めたルール以外での自己責任のフォローなど絶対にしない翼だが。哲史に対してだけは、きっちりとマメだった。

それに。無理やり強姦《ごうかん》しているのなら別だが、相思相愛な恋人同士ならフツーにセックスするだろ——的な翼は、別にバレたらバレたときのことだと思っている。

しかし。哲史にとって尚貴の存在は翼が思っている以上に大きいようだった。

「俺……翼とデキちゃったことはぜんぜん、まったく後悔なんかしてない。つーか、翼のこと大好きだから、翼に必要とされてると思うだけでスゲー幸せだけど。でも、こんなこと言うと

すっごくズルイのかもしれないけど、聞かれもしないことを自分からはオープンにしたくないっていうか……。ゴメンな？」

自活力のない未成年は親の監視《かんし》下にあって当然――などと思ったことは一度もないが。親に庇護《ひご》されるべき未成年というガキには、ある意味、大人の決めた『常識《ルール》』に対して何の異議を申し立てる権利も資格もない――のだと、知ってしまった。

好きだから、大切にしたい。

一番大事なモノだから、喪《うしな》いたくない。

そんな真摯な気持ちだけでは動かない現実がある。哲史に対する情動と同時に、翼は、未成年という言葉が孕《はら》む無力さをも知ってしまったから。だから、打算ではなく、自分の持っている力を持ち腐《ぐさ》れにすることをやめたのだ。

確信犯で落ちこぼれているのは、周囲に対するアンチテーゼなどではない。

『ウザイことを言われない』

『無駄《むだ》に期待されない』

『体裁《ていさい》を取り繕《つくろ》うのも面倒臭《めんどうくさ》い』

ただ……それが気楽だったからだ。

けれども。大事なモノを護《まも》るには、周囲のくだらない雑音を黙《だま》らせるには、それではダメなのだと気付かされた。

「本来なら、あってはならないことだけどね。真実がすべての正義であるとは限らないんだよ、翼君。真実が金に跪《ひざまず》くこともあれば、正義が権力に屈《くっ》することもある。そんなことは、大して珍《めずら》しいことじゃない。まぁ、これはオフレコだけど……。でもね、何も主張しない者には何の文句も言う資格もないんだよ。それを忘れないでね？」

説教がましさなど微塵《みじん》もない、真摯な尚貴の言葉が身に沁《し》みた。

哲史は主張したくないわけではなく、物事にはそれなりのタイミングが必要だと言いたかったのだろう。それを『ズルイ』と素直に言える哲史は、やはり、翼と違って気配りの達人なのだ。

だったら、翼に否はない。

(哲史の奴、爆睡だな)

寝息《ねいき》も立てずに、哲史は熟睡している。そのぐったりと疲《つか》れ切ったような顔を覗《のぞ》き込んで、翼は耳たぶに軽いキスを落とした。

ベッド・ヘッドの目覚まし時計を見ると、すでに十時三十分を過ぎていた。

いつもは休日であっても七時には起きてサクサクとやるべきことをやっている哲史だから、この時間になるまでまったく目を覚まさないというのも珍しい。

(よっぽど、疲れが溜《た》まってんだなぁ)

その元凶を思い出して、翼は苦笑いをする。

（ちょっと……やりすぎたか？）

アレ、や。

コレ、や。

ソレ——や。

近頃は、何やかやとあって。思うところも、いろいろあって。どうやら、自分で自覚していた以上にずいぶんと消化不良ぎみ……だったらしい。

——尚貴が出張でいない金曜日。

——土・日連休。

——お約束のセックス解禁日。

謂《い》わば、ラッキーのトリプル合体である。

ラブラブな恋人を目の前にして、これでハメが外れなきゃ男じゃねーだろ——とか思う翼は、しごく健全な（…言い切ってしまうには少しばかりの語弊《ごへい》があるかもしれないが）恋する高校男子であった。

ハメが外れた……のは、確かだ。

翼が無心に双珠にしゃぶりついていると、頭の上で、あまりに哲史が『ヤだ』を連発するものだから、さすがの翼も気が削《そ》がれた。

「何が、イヤなんだ？」

わかりきったことをあえて聞く翼も翼だが。

それでも。口から吐き出したモノをやんわり握り込んで翼が身体を密着させると、哲史は、瞬間ヒクリと喉を震わせた。

「だか……ら……」

「だから——なんだ？」

ヤッてる最中《さなか》の哲史の『イヤ』は、たいがい『感じすぎてイヤ』なわけで。半ば口癖と化しているそれが、本当に嫌がっているわけではないことを翼は知っている。現に、哲史の蒼瞳《そうとう》はトロリと潤んで、漏らす吐息は熱い。

ただ……双珠をしゃぶられることだけは別口らしいが。

「だ……から、フッーで……いい」

「フツーだろうが」

哲史の『フツー』と翼の『フツー』は落差が激しい。ことに、セックスに関しては。

翼的には、できる限り哲史を気持ちよくイかせてやりたい——わけで。その上で、自分も気持ちよくイきたい。だから、日々、頑張っているのだが……。ときおり、齟齬《そご》が出る。

なにせ。哲史が言った、

『高校入試は翼の本気が見てみたい』

その御褒美で、念願叶った哲史との初体験は、翼が思い描いていた予想図とは大幅《おおはば》に違って赤っ恥《ぱじ》だった。

哲史とのエッチは自分がしっかりリードして、カッコよく決めて——一緒《いっしょ》にイく。

その予定だったのに、キスしただけで哲史があんまりエロ可愛《かわい》い顔をするものだから、調子が狂《くる》った。いきなり心臓がバクバクになって一人で先走り、なんと、チェリーな哲史よりも先にイッてしまうという醜態《しゅうたい》を曝《さら》してしまったのだ。

ウソ、だろ。

——なんで？

マジ……サイテー。

哲史の腹にブチまけてしまったモノを凝視しながら、翼はひたすら落ち込んだ。

だから、もう絶対にそんな醜態は曝すまいと心に誓ったのだ。

「口の中で、アレ……されるのイヤなんだって」

「気持ちよすぎて、わけわかんなくなっちまうからか？」

ソッコーでコクコクと、哲史が頷く。ことセックスに関する限り、持って回った言い方をすると翼が自分流に解釈《かいしゃく》するということを知っているからだ。

もちろん、翼は確信犯に決まっている。

哲史の言わんとすることはわかっていても、あれやこれやで哲史を丸め込んでしまうのは翼の得意技だ。

「いいじゃねーか、頭ハジケちまっても。見てるの、俺しかいねーんだし」

言ってしまえば、それに尽きる。

頭トロトロになって、呂律《ろれつ》の回らなくなった哲史が喉を引きつらせて嬌声を上げ、身体の芯《しん》から淫《みだ》らにとろけきってしまうのを見るのが――好きなのだ。

「だって……アレされてる間……ずっと、ケツの奥までジンジン痺《しび》れて……スゲー疲れるんだって……」

掠れ声を詰まらせながら、哲史が必死に言い募《つの》る。

(だから、やってんだよ)

当然の常識である。

(おまえ、タマしゃぶられるとスゲー可愛い声で鳴くから。ケツの穴なんかキチキチに締まってンの、丸わかり)

そんな哲史を知っているのは、翼だけである。

「だから――ヤなんだってぇ……」

「俺、今日はおまえのミルク、全部きっちり搾《しぼ》り取るって言ったよな？」

週末の濃《こ》いセックスは、普段のエッチではやれないことをやりたい。双珠を揉みしだかれて気持ちよく喘《あえ》ぐ哲史も可愛いが、キャンディーみたいにしゃぶられて身悶《みもだ》えする哲史は、翼の下半身を直撃《ちょくげき》する。

「飲んで、いいから。好きにして……いいから。もぉ、タマ…しゃぶんないで。……な？　痛い…ってぇ……」

「全部、飲んでいい？」

「……ウン」

「イヤだって言っても、もうダメだからな」

「……ウン」

「嘘ついたら、奥の奥まで突っ込んで……泣かすぞ？」

「……ウン」

痛いくらいに感じすぎて神経がヒリヒリ状態だったらしい哲史は、しゃぶる代わりに掌でヤワヤワと弄《いじ》ってやるとまた息が上がってきた。結局、哲史の中の熱はまだ収まらないのだ。

だから。翼はそれをしゃぶる代わりに先端《せんたん》のくびれをたっぷりと舐《な》め回した。舌先でクルリとなぞり、喉奥《のど》までくわえ込んで浮《う》き出た筋をねぶった。

それだけで、哲史はあっけなく放った。

芯が抜けてくったりと萎《な》えたモノは、翼が最後の雫《しずく》を舐め取るように丹念《たんねん》に舌を這《は》わせただけで、また、すぐに硬さを取り戻した。整わない哲史の呼気は、蜜口《みつぐち》を指の腹で擦《こす》り上げただけでヒクリと震え。その切れ目を爪でグルリと剥《む》いてやると、

「ヒッ、あぁぁぁッ」

掠れた嬌声とともに、双珠がキュッと吊り上がった。

剝き出しにしてやった割れ目は、綺麗なローズピンクだ。爪で引っ掻《か》くように擦ると、それがたまらない刺激になるのか、今イッたばかりなのに先走りの蜜がトロトロと溢《あふ》れてきた。

今度は簡単にイッてしまわないように、哲史の根本を指の環《わ》で締《し》める。

とたん。哲史の太腿《ふともも》がビクリと引きつれたが、翼は気にもしなかった。

タマはしゃぶり尽くしてやったから、今度は蜜口だ。

舌先を尖《とが》らせ、割れ目の秘肉を下から上へゆったりと舐め上げる。すると、哲史の喘ぎ声は一気に艶《つや》を増した。

そのあと、翼は宣言通り、哲史のミルクをきっちり全部飲み干してやったのだ。

その頃《ころ》にはもう、哲史の身体はどこもかしこもグニャグニャで。いつもはローションで時間をかけてほぐしてもなかなか一気に押し込めないモノも、わりとすんなり突き挿《い》れることができた。いや……その頃になると、哲史はもう頭がトロトロ状態で何も考えられなくなってしまっていたのだが。

そのあとは、翼の思うがまま……である。

おかげで、今朝の翼の気分はスッキリ爽快《そうかい》であった。

「さて、とぉ……」

生あくびも漏れないほどに活力充分な翼は、哲史を起こさないようにのっそりとベッドを出ると。

「たまには、俺が朝飯をサービスしてやるか」

ボソリと漏らして、キッチンへ向かった。

＊＊＊＊＊
Ⅵ
＊＊＊＊＊

週明けの月曜日は、低く重い雲が垂れ込めた曇天《どんてん》だった。

身体にまとわりつく風も、ベタぬるい。天気予報は夕方から雨……だったが、この分だと午後になる前に降り出してしまうかもしれない。

(ソー……やっぱ、翼にもカッパ持たせた方がよかったかな)

哲史の気持ちは恋人というより、すっかり『保護者』である。

自転車通学にカッパは付き物である。

特に、梅雨《つゆ》時季が迫《せま》ってくれば必需品《ひつじゅ》とはわかっていても、重くて、蒸《む》れて、暑い――しかも時間がかかって面倒《めんどう》。……ともなれば、できれば着たくない。

翼などは特にそうで。多少の雨なら構わず、そのまま自転車でスッ飛ばす。

「ちょっとくらい濡《ぬ》れたって、かまわねーよ。そのうち体温で乾《かわ》く」

や……そういう問題じゃないから。

そのたびに、哲史はため息――なのだが。

その点。荷物にはなるが哲史はいつでも準備万端《ばんたん》だ。

制服は毎日着るものだから、やはり濡らしたくない。ほかの洗濯物《せんたくもの》のように、乾燥機《かんそうき》に突っ込んでガシガシ回すのは無理だからだ。

そんなこんなで。いつものように、哲史たち三人が駐輪場《ちゅうりんじょう》から新館校舎の昇降口《しょうこうこう》までやって来ると。明らかに質の違うざわめきが波打った。

一瞬の沈黙と。

束《つか》の間の嬌声。

それも、毎度お馴染《なじ》みの朝の定番ではあったが。

「みんな、おっはよーッ」

このところ、朝イチからやたらテンションが高い龍平（…その真の理由は誰にも想像できないだろうが）に釣《つ》られて、口々に挨拶《あいさつ》が交《か》わされる。

もちろん、先を競《きそ》うように『おはよう♡』を口にするのは、この貴重なチャンスを無駄にしたくない女子群であった。

——が。その挨拶も翼の周辺では冷ややかに素通《すどお》りだった。

それも、見慣れた日常の一コマである。

いや。何かと激動の一週間が終わって、ようやくいつもの日常が戻ってきた——と言うべきかもしれない。

ところが。

いつものように、通学用のスニーカーを脱いで上履《うわば》きに履き替えようと自分の靴箱《シューズ・ボックス》を開けた哲史は、

「あれ？」

思わず、その手を止めた。上履きの上に、白い封筒《ふうとう》が置かれてあったからだ。

（……なんだ？）

封筒の表書きは『杉本哲史様』になっている。ひどくきっちりと角張った文字で。手に取ってシゲシゲと眺《なが》めていると、

「杉本、何？　もしかして、ラブレター？」

どこか茶化《ちゃか》しぎみに、誰かがヒョイと手元を覗《のぞ》き込んだ。

――とたん。

「えーッ、ウソ」

「ラブレター？」

「マジ？」

「今どき、クツ箱かよ？」

「ひぇ～～～アナログぅ……」

哲史が何のリアクションをする間もなく、興味津々《きょうみしんしん》に男子生徒が一斉《いっせい》に取り囲んだ。

「なぁ、誰？」

「ただの白封筒かぁ」

「ラブレターにしちゃ、色気ねーよな」

「ホントにラブレター？」

「そうそう。もしかして、決闘状《けっとう》とかチェーン・レターだったりしてぇ」

誰かが冗談まじりにそれを口にした——瞬間。今の今まで和気藹々《わきあいあい》でおちゃらけていた場が石化した。

言った本人は、ウケを狙《ねら》っただけの軽口だったかもしれないが。今現在、哲史の置かれている微妙な状況《じょうきょう》を思えば、それはあまりにリアルな失言であった。

「あ……スマン。や……別に、その……深い意味、ねーから。ホント、悪ぃ……ゴメン」

視線の集中砲火《ほうか》を浴びて、しどろもどろに、ひたすら謝るのみである。

そう。暴言・失言をして素直に『ゴメンナサイ』を言えない奴は、学習能力のない『根性ナシ』だからである。

龍平の爆弾発言の余波はこんなところにも飛び火している——としか言えない状況であった。

その上、事と次第《しだい》によっては、もしかしたら三倍返しのオマケも付いてくる……かもしれない。

ヒヤヒヤ。

……ドキドキ。

……………ゾクゾク。

そうやって、皆がしばし固まっていると。裏手から『どけ』『邪魔』光線を乱射しまくりな翼がカッカッと歩み寄ってきて、哲史の手から封筒を引ったくった。

一瞬の不意をつかれて『あ…』も『え?』もなく、哲史はわずかに息を呑む。別の意味で一気に化石化してしまったのは、哲史を取り巻いている男子生徒たちも同じだったが。

そんな連中のことはサックリ無視して、翼は封筒を裏返す。

「差出人の名前、ねーな」

ボソリと漏らした声の冷ややかさに、周囲は更に凍る。

「なら、別に読む必要ねーし」

そのまま、グシャリと握り潰す。

——ヒェェェッ。

——どっひゃ〜〜〜ッ。

——こぇぇ〜〜〜ッ。

——蓮城、キョーアク。

冷や汗をダラダラ垂れ流しにして漏らす内心は、どうでも。ある意味、横暴とも不遜《ふそん》とも取れる翼の言動には、どこからも、誰からも非難の声は上がらない。翼相手にそんなことをやれる命知らずなチャレンジャーは、もはや、沙神高校のどこにもいないかもしれないが。

SA

そこへ、

「そうだよ、テッちゃん。裏書きにちゃんと自分の名前も書けないようなゲタ箱レターなんか、きっぱり無視しちゃっていいからね」

もうひとつの爆弾が落ちて。周囲の者たちはますます顔色をなくす。

(ゲタ箱レター……な)

内心、ひっそりと呟《つぶや》く哲史とは対照的に。

——そうなんだ?

——無視なんだ?

——ゴミ箱行き?

——名前書かなきゃ、読む価値もないんだ?

とりあえず。体感温度が急低下するトバッチリの圏外《けんがい》まで後ずさって事の成り行きを凝視していた女子生徒たちは、それなりにかまびすしい。

そして。その場にいた誰もが、一年のときからひっそりと囁かれていた『噂』を今更のように実感するのだった。

——曰《いわ》く。

『杉本のカノジョになるには、蓮城と市村の許可がいる。そんな度胸と根性のある女子はどこにもいないだろうから、杉本には絶対にカノジョなんかできない』

まったくもって、よけいなお世話である。むろん、哲史の周囲をどれだけ見渡《みわた》しても、女子生徒の影《かげ》などチラつきもしない事実は事実として。

ちなみに。一番好きなのは哲史、二番目は翼、三番目がバスケ——であることを公言してしまっている龍平の場合は、

『憧れの王子様を夢見る女子はいても、恋人志願する女子はまずいない。たとえカノジョができたとしても、絶対に長続きしない。杉本にムダに嫉妬してブチギレるのがオチ』

それが定説だし。特に、最後の一文に関しては、誰も疑う者がいないほど信憑性アリアリだった。

自薦《じせん》他薦の下僕志願は腐るほどいても『ホモ疑惑《ぎわく》』など絶対に出ない翼に至っては、

『あれは、絶対に外でお姉様と遊んでるタイプ。羨《うらや》ましいぜ、ちくしょーッ』

——である。

その出所《でどころ》は、ともかくとして。何かとド派手な噂には事欠かない三人の下半身事情は、

『杉本哲史＝童貞《どうてい》』

『市村龍平＝まったく読めない』

『蓮城翼＝入れ食い』

——というのが、全校男子の一致《いっち》した意見であった。

むろん。この早朝の出来事は差出人不明《ミステリアス》な噂となって、その日のうちに全校を駆《か》け巡《めぐ》ったの

は言うまでもないことである。

そして。

——二日後。

哲史の靴箱の中には、同じように白い封筒があった。

そっと裏を返してみれば、そこには『高山浩士』の名前が。

（……マジかよぉ）

鷹司の、

「高山君、頭ガチガチになってるようだから」

その言葉が思い出されて。

再び災厄《さいやく》の火の粉が降りかかってくる予感に、哲史は思わず天を仰《あお》ぎ、朝イチでどんよりとため息を漏らしたのだった。

◆◇◆◇◆

四時間目終了のチャイムが鳴る。

——とたん。一斉にざわめきのウエーブが校舎を揺らして、昼休み《ランチ・タイム》が始まった。

その日。いつもだったら昼飯は学食と決めている執行部コンビは、珍《めずら》しくも生徒会執行部室にいた。

二人の手元には、調理パンとペットボトル。昼休みの間に、執行部定例会の議案内容をチェックするつもりだったのだ。

普段、そういうことは書記に任せっきりなのだが。今回は別件のこともあって、二人がその役を買って出た。

「聞いたか？」

椅子《いす》に座って、まずは腹ごしらえをすべく紙袋《かみぶくろ》からパンを取り出しながら藤堂が言った。

「──聞いた」

同じように席について、鷹司はペットボトルの茶を一口飲んだ。なんだか、最近、こういうパターンがめっきり増えたよなぁ……などと思いつつ。

「……ったく、なぁ」

「そうだねぇ」

「次から次へと、やらかしてくれるぜ」

ついこの間まで、その台詞はお騒がせ三人組限定であったはずなのだが。震源地《しんげんち》は変わらなくても、その激震の影響力はまったくもって侮れない。つまりは、そういうことなのかもしれない。

「ホントにね」

「いったい、あのときのケジメはどこに行ったんだ？」

「喉元過ぎれば……ってやつ？」

「サックリ無視かよ」

「別の意味で、頭ガチガチだからねぇ」

鷹司から高山の頼み事の一件を聞いたとき、藤堂としては、

（フッー、ありえねーだろ）

もはや、ため息の嵐《あらし》だったわけだが。まさか、鷹司に却下されたそれが、こんな形で素早《すばや》く実現されようとは思いもしなかった。

（何、考えてんだかなぁ）

行動パターンが読めないというより、もはやジェネレーション・ギャップすら感じる藤堂であった。

（…ったく、もう。まいるぜ）

毎日がすごく疲れるのは、決して気のせいではない。

いっそスッパリと無視できない日常が、重い。

鷹司の話しぶりから、高山が相当に思い詰《つ》めているらしいことは充分察しは付いたが。これでは、思いっきりド派手な悪目立ちもいいとこである。

登校してくるなら、恥を曝《さら》して歩く覚悟は不可欠だとは思ったが。恥の曝し方が間違ってい

るとしか思えない。

（ホント、学習能力ねーよな）

ここまでくると、学習能力以前の、極端《きょくたん》から極端に走る短絡《たんらく》的性格に問題大ありなのではなかろうかと呆れ返るしかない藤堂であった。

もっと、やり方があるだろうに……。

ふと、それを思って。

（まぁ、蓮城に一発派手に握り潰されてもメゲないで、再チャレンジした根性だけは認めてやってもいいけどな）

だから、根性だけは、い、い、い、である。

人前であれをやられたら、そりゃあ、ショックだろう。実際にそれを見ていたただの傍観者でさえ、呆然絶句状態だったらしいので。どういう内容の手紙にしろ、高山にとっては、東京タワーのてっぺんからバンジージャンプするくらいの覚悟だったはずだ。

それでも。やはり、ケジメの付け方としては間違っているとしか思えない。

いや……。

（ついたケジメを派手に蒸《む》し返してどうすんだ？）

——である。

「ンで？　杉本は？」

「さぁ……」

「さぁ…って、おまえ」

「そこまで、タッチできないでしょ？」

「そりゃ、まぁな」

哲史の後ろできっちり目を光らせているのが三倍返しのブラック大魔王とわかっていれば、藤堂だって下手《へた》に首を突っ込みたくはない。

その一方で、事後報告の耳打ちくらいはあってもいいのではないかと思う藤堂だった。トバッチリもここまで来たら、毒くらわば皿まで……的な気持ちがないとは言えない。

「杉本君的には、ズルズル引き摺《ず》りたくないって言ってたし」

「杉本はそうでも、高山はガチガチなんだろ？」

言葉は通じていても意思の疎通《そつう》が図《はか》れないというのが、最悪なのではないだろうか。ありがちと言ってしまえば、ありがちだが。

「でも、杉本君がそれにほだされてどうこう…ってことにはならないと思うんだけど」

「……なんで？」

「だって、杉本君だし」

きっぱりと自信たっぷりに断言するそこらへんのバランス感覚が、今イチ、藤堂にはわからない。

緊急クラス会での哲史の言動が、いつもより数段男前だったのは認めるが。藤堂の目には……いや、誰の目にもあの三人組の中では哲史が一番の狙《ねら》い目で落としやすそうに見えるのは間違いない。

話をしたくても鼻先で容赦なくシャットアウトを喰《く》らわすのが翼で、人の話を聞いているようでまったく思うようには動かせないのが龍平。二人に比べたら常識人の哲史は相手に対してきちんとした気配りができる分、話もそれなりに通じるように思うのだが。たとえ、相手があの高山でもだ。

そこには、生徒会執行部会長としてこれ以上のトラブル、スキャンダルは勘弁してほしいという藤堂の希望的観測が入っていないとは言えない。

「杉本の基本って、要するにあれだろ？　金持ち喧嘩《けんか》せず……みたいな」

「ん――……。どっちかっていうと、バカと同じレベルで喧嘩したくない――かな」

ほんのわずか、藤堂は眉をひそめる。

「それって、どこらへんが違うわけ？」

微妙なニュアンスの差はあれ、基本は同じではないのか？

それとも……。

「もしかして、そのビミョーな差が杉本の本質だったりするわけ？」

裏を返せば、その微妙な違いがわかるくらいには鷹司は哲史に関心を持っているようにも見える。

親密というほどではない（…鷹司本人がそれを言うのだから間違いない）が、同じ中学の先輩としてよりも少しだけ踏《ふ》み込んだ距離感。それがこれまでの鷹司のスタンスだったのだが、最近は、やけに接近ぎみのような気がしてならない。

「本質っていうか……。きっぱり腹を括っちゃったら、杉本君って最強じゃないかな」

「今だって、最強なパンピーじゃねーか」

この沙神で、それを知らない者はいないだろう。

「ウン。まぁ、そうなんだけど。ムダに揺らがない逞《たくま》しさっていうの？」

「逞しさ……なぁ」

（それって、杉本からは一番遠い言葉のような気がするんだけど）

小柄《こがら》で小顔な哲史は、両脇《りょうわき》の常識外れな二人組に比べればいっそ華奢《きゃしゃ》に見える。鷹司も、体格的にはそれほど恵《めぐ》まれているとは言えないが。内封《ないふう》された輝きはそれを凌駕《りょうが》して余りある。

けれども。藤堂は、その片鱗《へんりん》を哲史には感じない。要するに、興味がない……と言ってしまえばそれまでだが。

「なんかねぇ、杉本君って遅咲《おそざ》きのロータスなんだよ」

「はぁ？」

（ロータス？……って、あれか？　蓮の花？）

何の脈絡《みゃくらく》もなく、いきなりのたとえ話に藤堂は面喰《めんく》らう。

「どんなに泥《どろ》を被《かぶ》っても、凜《りん》とした輝きを失わないっていうの？」

（あー……そういうこと？）

確かに、あれだけトバッチリを食ってもしゃんと背筋を伸ばしている様はさすが『最強のパンピー』である。

――が。

「じっくり見てみれば、藤堂にもわかると思うよ？　今度の件で、杉本君の擬態《ぎたい》って、うっすら剝《は》げかかってるし。その分だけ、僕、ちょっと楽しみなんだよねぇ」

ニッコリ笑ってそんなことを言う鷹司が、時々、理解不能な藤堂だった。

とりあえず哲史の話はそれで打ち止めにして、二人は黙々《もくもく》とパンを食べ始める。本日のメインテーマはあくまで議案のチェックであるから、それを終わらせないでは学食をパスした意味がない。

「あー……そういえば。藤堂、聞いた？」

――と。

「何を？」

「ゲタ箱事件がこれだけ派手に盛り上がってるからすっかり影《かげ》が薄くなっちゃってるけど、不登校してた例の親衛隊の子たち、今日から出てきてるらしい」

一瞬、藤堂の手が止まる。

「――マジでか？」

「あれ？　知らなかった？」

「今、初めて聞いた」

それは、マジで知らなかった。

鷹司に言われるまで、彼らのことなどすっかり忘却《ぼうきゃく》の彼方《かなた》……だった。

同じ不登校でも一年五組のインパクトには負けるせいか、最近では話の端にも上らなかったような気がする。

「そうか、復学してきたんだ？」

それはそれで喜ばしいことには違いないが。

「タイミングがいいんだか、悪いんだか……。よくわからないけどね」

鷹司の口調にも、微妙に含《ふく》みがある。

「あいつらにしてみりゃ、ゲタ箱事件がいい目眩《めくら》ましになってるんじゃないか？」

でなければ、登校時の注目度も半端《はんぱ》ではなかっただろう。新館はともかく、本館では。

「――かもね」

「つーか、なんで、今……なんだ？」

なぜ？

どうして？

よりにもよって、今日……なのだろう。

よくよく考えてみれば。まるで、ゲタ箱事件とピッタリ……タイミングを計ったかのようではないか。それを思って、藤堂はしんなりと眉をひそめた。

◆◇◆◇◆

夜も十時を過ぎて。翼が風呂に行ったのとは入れ違いに、尚貴が帰宅してきた。

「あ……お帰りなさい」

「ただいま」

帰宅するとき、尚貴は玄関チャイムを鳴らさない。だから、ダイニングキッチンのドアを開けて入ってくるまで気が付かなかった。

尚貴がチャイムを鳴らさないのは、翼が子どもの頃からの習慣である。仕事で夜の遅い尚貴が寝ている翼を起こさないように、という配慮《はいりょ》もあったが。ひとつは、防犯のためというのが大きかった。

小学校時代の蓮城家は通いのハウスキーパーが夕食の準備をして帰ってしまえば、翼一人に

なってしまう。そのためのきちんとしたセキュリティーはあっても、万全《ばんぜん》とは言いがたく。尚貴は、

『家に帰ってくるときは、お父さんが自分で鍵《かぎ》を開けて入ってくるから。だから、夜はチャイムが鳴っても絶対に出なくていいからね？』

きつく念を押していたのだ。

哲史が家族の一員になっても、基本的に尚貴のこだわりは変わらない。

「夜は、僕を待ってなくてもいいから。十時を過ぎたら、ちゃんと寝なさい」

尚貴はそう言うが、夜の十時に寝るには早すぎる。

最初にそれを言われたとき。そんなはずはないだろうと思いながらも、翼に、

「おまえ、十時にはベッドの中だった？」

確かめて、

「ンなわけねーだろ」

思いっきり否定されてしまった。

——だよなぁ。

一人寂《さび》しく夕食を食べたあとは自室にこもりっきりだった翼は、尚貴がいつ帰ってきたのかも知らない。それが、日常であったらしい。

朝はともかく、哲史が家族の一員になるまで、蓮城家の夜はひっそりと静まり返っていたの

は確かだった。

今夜は付き合いの飲み会だと言っていたが、尚貴はまったく酔《よ》ってもいないようだった。

「お茶でも淹《い》れようか？」

「あ……そうだね。だったら、お茶漬《ちゃづ》けにしてもらおうかな」

一緒に暮らし始めた頃は、尚貴も哲史には家事以外の負担をかけたくないと思っていたようだが、それが負担ではなく哲史の思いやりなのだと知って妙な遠慮はやめてしまった。

「梅でいい？」

「熱いのを、頼むね？」

「はーい」

茉莉花《まりか》が生きていた頃はそんなやりとりですら日常の一コマであったことを思い出させてくれたのは、哲史だ。

思い出は、別の形で昇華《しょうか》される。

哲史が家族の一員になってくれて、本当によかったと思わずにはいられない尚貴だった。

尚貴が着替えるのに自室へ行っている間に、哲史はサクサクと準備に取りかかる。

ほどなく尚貴が戻ってくると、アツアツの茶漬けをテーブルに置く。

「はい。どうぞ」

「ありがとう。なんか、今になって小腹が空《す》いちゃってね。でも、この時間帯じゃ重いモノはパスしたいし」

肉厚な梅干しをゆったり箸《はし》でほぐしながら、尚貴が言う。そうして、先に一口だけ出汁《だし》を啜《すす》って、

「あー……美味《おい》しい」

はんなりと笑った。

翼は、茶漬けといったら本当にシンプルな緑茶漬け（…茶の味と香《かお》りがしない茶漬けなんて邪道《じゃどう》とまで言い切る）なのだが。尚貴は出汁で食べるのが好きなのだ。哲史はその日の気分次第《しだい》でどちらでもいいが、のせる具は焼きタラコが一番だと思っている。

尚貴は本当に腹が減っていたらしく、一気に食べてしまった。

「ごちそうさまでした」

「お茶は？」

「いただきます」

アツアツの茶漬けのあとは、温《ぬる》めのほうじ茶。これも、尚貴の定番である。

ゆったりと味わうように飲む尚貴の顔からは、自然と笑みがこぼれた。

いつも冷然とした翼が、出されたモノを無言できっちり全部食べるときの和《やわ》らいだ顔つきとはまた別口で、哲史は、嘘《うそ》のない甘やかな尚貴の笑顔が好きだ。

そんな尚貴の正面に座って、哲史はやおら切り出した。

「あのね、お父さん。ちょっと、相談があるんだけど」

今夜は遅いと思っていた尚貴が思いの外《ほか》早く帰ってきたので、ちょうど都合がよかった。

「何かな？」

「あー……えーと。どうしようか、ちょっと迷ってることがあって……」

哲史としては持て余しぎみな難題も、尚貴ならばきっと、適切なアドバイスをくれるのではないかと思って。

「何を？」

「手紙を……もらったんだけど」

「ラブレター？」

すかさずそれを口にする尚貴は、やはりメール世代ではなく手紙世代であった。

「じゃ、なくて。例の、一年五組の奴」

尚貴の表情が、ほんのわずか引き締《し》まった。

一年五組との一件は、すべて尚貴に話してある。オブザーバーという要請《ようせい》が学校側から出ている以上、下手《へた》に隠《かく》してもおけないので。哲史も翼もそう思っていたが、実は、学年主任の深見から話はすでに通っていたらしい。

——なんだ、そうなんだ？

どうやって切り出そうか……。事の発端《ほったん》はいつもの翼絡みと言えなくもないので、ちょっとドキドキだったのだが。

その反面。

――深見先生も手回しがいいよな。

それを思わずにはいられない哲史だったが。

尚貴に言わせれば、

『それは、学校側としてもきちんとした対応をしておかないとね。未成年相手はデリケートな問題も多いから。それが基本の基本だよ』

そういうことらしい。

だったら。もしかして、今までの『アレ』とか『ソレ』とか全部、尚貴には筒抜けになっていたのではないか？……とか思うと、もはや乾《かわ》いた笑いしか出ない哲史だった。

「――それで？」

促されるまま、哲史は、ここ一連の昇降口でのことをかいつまんで話す。

緊急クラス会が終わって、次の週中に一年五組全員が揃《そろ》って登校してきたことを報告したときには、

『よかったね。ちゃんとしっかり、ケジメが付いて』

尚貴も喜んでくれたのだが。まさか、それから一週間もしないうちに別口の問題が勃発《ぼっぱつ》してしまうとは、予想もしていなかっただろう。

尚貴は適度な相槌《あいづち》を打ちながら、哲史の話を聞いている。

そうやって語ることで、哲史は、頭の中のモヤモヤ感がそれなりにきちんと整理されていくような気がして。話し終える頃には、ほんの少しだけ気持ちが軽くなった。

自分たちよりもはるかに人生経験の勝《まさ》る尚貴に対する信頼度《しんらいど》は、哲史が翼に寄せるモノとは別物である。

一言で言ってしまえば。それは、どんなことでも丸ごと受け止めてもらえる『安心感』なのかもしれない。尚貴の前では肩肘《かたひじ》を張らず、未熟なままの自分をさらけ出しても大丈夫と思えるような……。

蓮城家に来るまでの哲史は、大人とのそういう距離感さえ満足に摑《つか》めなかった。

病気がちな祖父母に心配をかけてはいけないという思いが強すぎて、何でも相談するということはなかったし。そんなふうに、心を預けても大丈夫だと思えるような大人が身近にはいなかった。

逆に。同情と優越感《ゆうえつ》とお為《ため》ごかしを捏《こ》ねて丸めたようなことをアレコレと、本当にくだらないことばかり口出しをしてくる連中は絶えなかったが。

内心ムッとしても、決して人の揚《あ》げ足を取らない。

何を言われても、あっさり聞き流す。

笑顔で、やんわり撃退《げきたい》する。

哲史の打たれ強さは、そういう大人たちによって磨《みが》かれたと言っても過言ではない。

「――で、哲史君としてはどうしたいの？」

こうするべきだ――とも。

どうあるべき――とも、言わず。尚貴は柔らかな口調で、まず、それを問うた。

「俺は……イヤなだけ」

「何が？」

「ズルズル引き摺《ず》ってるのが」

「ケジメがないのが、嫌なんだね？」

「……そう」

哲史的には、すでに、きっちり決着しているのにだ。なのに、それを一から蒸《む》し返されるのが嫌だった。

「緊急クラス会が終わったからわだかまりもなくなったとか、そういうことじゃなくて。言いたいことを全部ブチまけてスッキリしたから、あったことをなかったことにして全部チャラにしてしまうとか。俺は、そこまでノーテンキじゃないけど。でも、あれはもう、終わったことだから」

なのに、何のケジメもなくていつまでも引き摺ってるのが嫌なのだ。

一年五組の連中に対するわだかまりがなくなったわけでも、何もかも忘れてリセットしたいわけでもない。哲史はただ、いつまでも同じ所をグルグル回っているのが嫌《きら》いなのだ。

「高山君の手紙は、読んだの？」

「──まだ」

「そう……。読んでしまったら、哲史君の中のケジメまでなくなってしまいそうな気がするから？」

一瞬、わずかに目を瞠《みは》って。コクリと、頷《うなず》く。

高山の手紙を読んでしまったら、哲史自身のケジメにまで綻《ほころ》びが出てしまいそうで。高山には含むモノはあっても、同情はない。それでも、そこに書かれてある高山の気持ちを知ってしまったら、また新たな煩《わずら》わしさが倍増しそうで。

それが嫌だから、いまだに手紙を開封《かいふう》する気持ちにはなれない。

だが。読まずに破り捨てるのも……ためらわれる。そこに何が書かれてあるにしろ、だ。

要するに、すっかり持て余しぎみなのだ。

いいかげん、うんざりなのだ。

たった一通の手紙にこうやって振り回されるのも、なんだか癪《しゃく》に障《さわ》る。そうすると、哲史の都合も無視して自分の気持ちばかりを押しつけてくる高山への嫌悪《けんお》感までグラグラと煮《に》立《た》ってきそうで……。

「やっぱ、読んだ方がいい？」

「読むのも読まないのも、それは哲史君の自由だから」

そうなのだ。選択権《せんたく》は、哲史にある。

それでも……。答えは出ているはずなのに選ぶ自由があるというだけで、なぜか、気持ちは変なふうにグラついてしまうのだ。

「でも、読むことが哲史君の気持ちの負担になっているのなら、今は、やめておいた方がいいかもしれないね」

「……え？」

「哲史君。手紙を読まないということは、高山君の気持ちまで完全に否定してしまうことではないんだよ？」

まるで、哲史のジレンマを見透《みす》かすように尚貴が言った。

ドキリとした。

心臓が跳ねて、ドクドクと脈打つような気がした。

「高山君がどういう気持ちで哲史君に手紙を書いたのかは、わからないけど。それは、高山君の選択肢《し》のひとつだから。だったら、その答えとして、読まないという哲史君の選択があってもいいんだよ？」

「答えとしての……選択？」

「そう。選択は白か黒かの二者択一《たくいつ》じゃなくて、価値観の優先順位だから。だから、哲史君が読まない選択をしても、それは哲史君の『ケジメ』という優先順位が上なだけで、高山君の気持ちまで斬り捨てることにはならない。僕は、そう思うんだけど」

価値観の優先順位としての――選択。

(そう……なんだ？)

今まで、そんなふうに考えたことはなかった。選択というのは、何かを選んだら何かを捨てることだと思っていた。

いや……。捨てなければならないのだと思い込んでいた。何かを決断するというのは、突《つ》き詰めればそういうものだと。

(そっかぁ……違うんだ？)

目からウロコ――だった。

選んでも捨てない選択もある。

それでいいのだと、尚貴は言う。それは、哲史にとってはまったく予想もしていなかったことだ。

(それでも、いいんだ？)

何か、目の前がいきなりパッと開けたような気がした。

「お父さん、ありがとう」

思わず、その言葉が衝《つ》いて出る。

「俺……なんか、気分が軽くなった」

ただの冗談ではなく、だ。気持ちの中の重い枷《かせ》がなくなって、モヤモヤ感も吹っ飛んでしまった。

「そう？　だったら、よかった」

「ウン。そっかぁ……自分なりの優先順位でいいんだ？　無理に白黒つけなくても、灰色でいいんだよな。へへへ……そうなんだ」

哲史は一人納得《なっとく》したように呟《つぶや》く。

その様を、尚貴が愛《いと》おしげに目を細めて見つめていると。

「哲史。風呂、空いたぞ」

ゆったりとした足取りで、翼が入ってきた。

「あ……お父さん。先に入る？」

「いや、僕はあとでいいから。哲史君、お先にどうぞ」

「じゃ、お先にぃ」

エプロンを外して、足取りも軽く哲史がダイニングキッチンを出て行くと。尚貴は、その後ろ姿をじっと凝視している翼に目を向けた。

「ただいま、翼君」

今更のように尚貴が声を掛けると、

「あ……え？　お帰り……」

ほんのわずか、翼のリアクションが遅《おく》れた。

心ここにあらず……なのが丸わかり。滅多《めった》なことでは揺らがない翼のそんな様子は、本当に珍しかった。

「ホントに、ジャストなタイミングだったね」

何が？――とは、あえて言わない尚貴の真意を正確に汲《く》み取り、翼は小さく舌打ちした。

「なんか……ちょっと、入りづらかった」

哲史が自分には言わないことをあんなふうに尚貴に相談しているのを見たら――聞いたら、なぜか、二人の間に割り込んでいけなかった。

「哲史、俺の前じゃ、けっこう平然としてたから」

だから。哲史的には、きっぱり割り切っているのだと思った。そういう気持ちの切り替えが意外に速いことを知っているからだ。

「ちょっと……マジでビックリした。哲史、親父の前じゃポロポロ本音こぼしまくり……。なんか――妬《や》ける」

普段は絶対に口にすることのない本音が、思わずポロリとこぼれた。

「そりゃあ、僕と君じゃ人生の経験値が違うから」

唇の端でニコリと尚貴が笑う。嫌味《いやみ》でも当てこすりでもなく、むしろ、自信たっぷりに。いつもは甘々な尚貴が見せる父親の顔ではない別の『顔』を、不意に見せつけられたような気がした。

——驚《おどろ》いた。父親も、一人の『男』であることに気付いて。そんな当たり前のことに、今更ながら驚いている自分に。

(——詐欺《さぎ》だ)

大人の本気《余裕》を見せつけられたような気がして。思わず、コンチクショーッ!……な気分になった。

歳《とし》だけ食って中身はガキのような大人もいれば、子どもなのに精神年齢がはるかに成熟している者もいる。

けれど。有意義な人生経験というやつは、年月《歳》を重ねてきた者にしかわからない独特の含蓄《がんちく》がある。それを、唐突《とうとつ》に意識させられたような気がした。

「それでね。これは、君にもはっきり聞いておきたいんだけど」

大人な『父親』の顔で、尚貴が言う。

もしかしたら。『仕事人』モードなときの尚貴は、こういう顔なのだろうか?

ふと、それを思って。翼の顔つきも、それなりに引き締まる。

「何?」

「哲史君が五組の不登校問題で誰かに嫌《いや》がらせをされているとか、そういうことじゃないんだね？」

「それは、ない」

きっぱりと、否定する。

そんなことになったら、翼が黙《だま》っていない。たぶん、龍平もだろうが。

「緊急クラス会の様子も、君たちが僕に話してくれた通り？」

「あー……」

緊急クラス会が終わった日の夕食は、久々の家族揃《そろ》っての外食になった。もちろん、龍平も誘《さそ》って。

食べ盛り・育ち盛りの男子高校生が三人——ともなれば、やはり肉だろうということで。しゃぶしゃぶにしたのだ。

笑顔満開で肉を頬張《ほおば》る龍平の食べっぷりは、見ていて実に気持ちよかった。

常日頃《つねひごろ》、哲史が龍平のことを『リアクション大王』と呼ぶのがただの誇張《こちょう》ではないことを知って、尚貴は内心の笑いが止まらなかったことを覚えている。

それに釣られたように、翼の口もいつも以上に滑《なめ》らかだった。もっとも、

『龍平。おまえ、ロースばっか選んで食ってンじゃねー』

『メシ食うか、しゃべるか。どっちかにしろ、龍平』

『哲史。野菜じゃなくて、おまえはもっと肉を食え』

『げー……。ここの茶、なんでこんなにマズイんだ?』

相変わらずと言えば、相変わらずの翼だったが。

そのとき、尚貴はクラス会の様子を尋《たず》ねたのだ。いくらオブザーバーといっても、翼と龍平のコンビではただのオブザーバーで済むはずがないのは当然の常識で。尚貴としては、この先のこともあるし、そこらへんのことをきっちりと把握《はあく》しておきたかったのだ。それも、まぁ、ほぼ予想通りではあったが。

尚貴が深見に言ったことは、結局、無駄なアドバイスに終わったらしい。

「けど、俺たちが帰ったあとに、第二ラウンドが勃発《ぼっぱつ》したらしい」

「第二ラウンド?」

「愚痴と不満と本音が炸裂するトークバトル」

「あー、そういうこと」

いかにもありがちというか、それも、尚貴としては予測の範疇だった。

むしろ、翼と龍平という核弾頭《かくだんとう》がふたつ炸裂したあとで、その衝撃《しょうげき》の余波がまったく何もないという方がおかしい。どんな形にしろ、やはり、捌《は》け口は必要だろう。

——などと思う尚貴も、立派に毒されているのかもしれない。

「でも、トークバトルがあったらしいというだけで、俺たち、その内容まで把握できてるわけじゃねーから」

「――漏れてもこない？」

「なんか、完璧に箝口令《かんこうれい》……って感じ」

「それは……オフレコの内緒話《ないしょばなし》というより、本当に、本音ブチまけのトークバトルだったんだろうね」

「そういうモン？」

「部外者に知れると外聞が悪いことは、誰も漏らさないものだよ」

「俺たちをオブザーバーに呼びつけたってだけで、すでにボロクソに言われてるけど？　今更じゃねー？」

「根も葉もない醜聞《しゅうぶん》とリアルな本音とは、あくまで別物だから」

どこまでリアルで生々しかったのかは、想像する以外にないが。自分が放った失言・暴言は覚えていなくても、名指しされた悪口は忘れない。人間とは、そういうものだ。

そういう意味では、オマケの第二ラウンドは相当に紛糾《ふんきゅう》したのだろう。

その延長線上に、もしも今回の『手紙』があるのなら、それはそれで放ってはおけないような気がする。

「哲史君への手紙は一通だけ？」

「今のとこは」

「それは……これから先も、似たようなことが起きるかもしれないってこと？」

「わかんねー」

「さすがの君でも、先が読めないって感じ?」

茶化《ちゃか》しではなく、だ。哲史絡みになると、ある意味、翼は裏読み・深読みの達人である。

「あいつらの思考回路っつーのが、元から訳わかんねーし」

それは、翼と龍平が常々言われ続けてきた台詞である。ふと、それを思いだして、

(翼にそれを言わせる連中がいたとはねぇ)

尚貴は、何とも言えない気分になる。

「じゃあ、君としては、高山君の手紙をどうしたいと思ってるの?」

問われて、翼はわずかに逡巡《しゅんじゅん》する。

「哲史宛《あて》の手紙だから、俺が横からギャーギャー言うことじゃねーよ」

「おや。君にしては珍しく模範《もはん》解答だね」

この状態で、何げにサラリとそんなことが言えるのは、やはり父親だからだろう。

もっとも。翼は、露骨に嫌そうな顔で睨んだが。

「俺なら、ソッコーで突っ返してやるけどな」

「破って捨てるんじゃなくて?」

「誰も見てないとこでそんなことやっても、意味ねーし」

警告のパフォーマンスは、ギャラリーがいてこそやる価値があるのだ。そんなことは当然の

常識である。

「ケジメの付け方も知らねーバカには口で何を言っても無駄だから、一発ガツンと喰《く》らわせた方が早い。でも、哲史には哲史のやり方がある」

「そうだね」

自分の気持ちを哲史に押しつけるだけではなく、ちゃんと、その気持ちを尊重してやれる。情の強すぎる翼の、それが精一杯《せいいっぱい》の譲歩《じょうほ》なのだろう。

「じゃあ、何か進展があったら、ちゃんと僕にも話してくれるかな」

一瞬、翼は押し黙る。

「君が、子どもの喧嘩にしゃしゃり出てくるバカな親が大嫌いなのは知ってるし。たいがいのことは、君たち自身で解決できることも知ってる。でもね、翼君。選択肢《せんたくし》は多いに越《こ》したことはないんだよ？　それを忘れないでね？」

「——わかった」

不承不承ではなくきっちりと翼が頷《うなず》くのを見て、尚貴はようやく唇の端を和《やわ》らげた。

＊＊＊＊＊　Ⅶ　＊＊＊＊＊

「はぁぁ……」

朝からため息が止まらない。

今朝も、靴箱《くつばこ》に封筒があった。しかも、一気に七通も。

高山からの手紙を読まない選択《せんたく》をして、一応、哲史的にはスッキリした気分で登校したのに……である。

（大島？　橋本《はしもと》って？……誰だよ？）

裏書きの名前にはまったく心当たりはないが、もしかしなくても一年五組の誰か――なのだろう。

いったい、何？

何が、どうなってる？

おまえら、何がしたいわけ？

（訳わかんねー……）

内心の愚痴が、止まらない。

どうやら、週明けの月曜日は、哲史にとっては鬼門《きもん》だったりするのかもしれない。

とにかく、鞄に突っ込んで。哲史は上履《うわば》きに履き替えた。

その様子を、興味津々《きょうみしんしん》というには過ぎる視線で見つめる者たちの口からは、もはや、軽口も漏れない。

そうやって、いつものように、三階までの階段を上がっていく途中《とちゅう》。いつもだったら、自分のクラスまでハイテンションなままニッコリ笑顔を振りまいているはずの龍平は、珍しくも何かを考え込んでいるらしく、めっきり無口なままだった。

——うわぁ……。市村、どうしちゃったんだ？

——げぇ〜〜〜ッ、不気味ぃ。

——嵐《あらし》の前触《まえぶ》れかぁ？

——やだぁ、市村君……変。

——何があったんだろ。

——また、杉本君絡み？

それは翼の冷然とした無口さとは別の意味で、周囲を凍《こお》らせた。

——何、おまえ知らねーの？

——ねぇねぇ、また入ってたんだって、例の手紙。

――えーッ、ホント？

――はぁ……。だから、市村、あんななんだ？

――懲《こ》りないよなぁ、あいつら。

囁きは、ひっそりと人の口を渡《わた》っていく。哲史たちのあずかり知らぬ速さで……あちらこちらへ飛び火する。

と――そのとき。

「あーッ、わかったぁッ」

いきなり、龍平が大声を張り上げた。

まったり感の抜けたハイトーンな声のデカさに、誰も彼もがビックリ目を見開いてギョッと足を止める。もちろん、哲史と翼も同様に。

それだけで、階段の踊《おど》り場は不気味な沈黙と化してしまった。

「何？　どうしたんだよ、龍平」

「思い出した」

「だから、何を？」

「なーんか、どっかで聞いたような名前だなぁ…って思ってたんだけど」

「名前？」

「今朝のゲタ箱君」

そのネーミングのセンスはどうでも、クスリとした笑い声さえ漏れないのは、誰もが『ゲタ箱』というキーワードの重大性を認識していたからだろう。

「あいつら、ツッくんの親衛隊だった奴らだよ」

思ってもみない爆弾発言に、声にならないどよめきのウェーブが踊り場を駆《か》け抜けた。

「――マジ？」

哲史が思わず翼を見やると、翼は冷ややかに片眉《かたまゆ》を吊り上げた。

「いちいち覚えてるかよ、そんなモン」

ごもっとも……。つい、頷いてしまいそうになる哲史だった。

「つーか、龍平、間違いねーのか？」

ボソリと漏らしただけでも、翼の美声はよく通る。龍平とは真逆の意味で。とりわけ、耳ダンボな連中の耳には……。翼のナマ声を聞けるチャンスなど滅多にないので、よけいに。

「うん。マジ」

きっぱり即答する龍平であった。

（…って、龍平。おまえ、なんでそんなこと知ってンの？）

哲史としては、どうして龍平がそこまで詳《くわ》しいのか……。そちらの方が、よほど気になってしまったが。

「なんだろうねぇ」

「や……だから、不登校してたあいつらが、いつの間に登校してたんだろうなぁ…って。テッちゃん、知ってた？」

「何が？」

「いや、ぜんぜん」

元親衛隊のことなど、まったく関心の欠片《かけら》もない哲史であった。

「ツックんは？」

「知るわけねーだろ」

話を振るだけ無駄なような気がするが。

「……だよねぇ」

彼らが、いつから登校していたにせよ。

なぜ？

どうして？

いきなり靴箱に手紙……なのか。

そちらの方はまったくの無警戒《むけいかい》だったせいか、驚きよりもむしろ……困惑《こんわく》する。

「もしかして、あいつら。高山のマネしてんのかな？」

「元親衛隊繋《つな》がりでか？」

その可能性も考えられないわけではないが、あまり考えたくもない哲史だった。

「どいつもこいつも、二番煎《にばんせん》じのサルマネしかできないノーナシだってことだろ」

なにげにバッサリ斬って捨てる翼は相変わらず辛辣だった。

まぁ、一通が七通になっても、煩《わずら》わしさが七倍になるわけではない。

読まない——と決めた以上、周囲の注目度が七倍に跳ね上がっても、哲史の中ではあくまで一通分の重みしかなかった。

今は、そう思える。哲史にとっての優先順位ベスト・テンに、元親衛隊の名前もなければ、一年五組のその後の顛末も入ってはいなかった。

◆◇◆◇◆

放課後。

いつものように、テニス部のクラブハウスに向かう途中の佐伯はひどく不機嫌だった。

イライラ。

……ムカムカ。

…………グツグツ。

佐伯のオーラは刺々《とげとげ》しく、歪《いびつ》に煮え立っている。その足取りは、まとわりつくモノはすべて蹴散らさんばかりの荒々しさだった。

元親衛隊のメンバーが不登校を止めて、いきなり復学してきたと思ったら。いったい何の冗談なのか、揃《そろ》いも揃って、信じられないくらいベタなことをやらかしてくれた。

高山が最初にそれをやらかしたときには、

（なんで、今更……手紙？）

ただ呆気《あっけ》にとられて声も出なかった。

しかも——靴箱。

（信じらんねー……）

今では一年五組の高山と言えば『ゲタ箱レター』の代名詞である。

バカだろ。

恥だろ。

みっともないだろ。

それを思って、開いた口が塞《ふさ》がらなかったが。今度は、大島たちまで……。

（あいつら、不登校の引きこもりで、頭クサっちまったんじゃねーか？）

あまりにもバカすぎて、悪態が止まらない。

イラック。

……ムカック。

まったく……頭にクる。

連中がいきなり不登校になったときには、ただ、根性の欠片もない軟弱《なんじゃく》ぶりに呆れ果てただけだったが。今度は――違う。マジで、腹が立った。

そのトバッチリが全部、佐伯に降りかかってきたからだ。

「なぁ、なぁ、佐伯。いったい、おまえら……どうなってんの？」

「高山の次は、大島たちだろ？」

「戻ってくるなり、アッと驚きのゲタ箱レターだぜ？」

「新館の先輩たちも、ビックリ仰天《ぎょうてん》だったらしいじゃん」

「蓮城先輩なんか、氷点下のブリザード寸前？　怖いよなぁ」

「市村先輩だって、スゲー辛辣だったって？」

「あれって、やっぱ、打ち合わせ通りなわけ？」

「佐伯ぃ。おまえもついに、杉本先輩にワビ入れんの？」

「ついに、ケツに火がついたって感じ？」

「これで、おまえも余裕ブッこいてらんねーよな」

好き勝手に吐きまくる奴らは、佐伯の気持ちなどまるでお構いなしの興味津々だった。

ウザイ。

目障《めざわ》り。

ほっとけよ、もう。

無視しても、視線はいつも以上にうるさくまとわりついてくる。

何だかんだ言われても、所詮《しょせん》『人の噂《うわさ》も七十五日』だと開き直っていたのに。その手のことは『人の不幸は蜜《みつ》の味』のごとく、日々、噂は増殖《ぞうしょく》している。

龍平が暴言をカマしたように、

(いっそ、不登校のまま部屋の隅《すみ》で腐れていればよかったのに……)

そしたら、蜜の味も賞味期限切れになっただろう。

佐伯はもう、本当にウンザリだったのだ。

(…ったく、冗談じゃねーって)

高山たちが何をトチ狂《くる》って哲史に手紙を書こうと思い立ったのか、佐伯は知らない。そんなことは、まったく誰にも想像できないサプライズだった。

その手紙に何が書かれてあるのか、それを知っているのは当事者だけだろう。

なのに。周囲の者たちの認識は、哲史に対する詫《わ》び状……で一致《いっち》している。

まったくもって腹立たしいことに、誰も、それを疑いもしないのだ。いや……それ以外にはあり得ないと信じ込んでいるのだ。

(それって、変だろ?)

しかも。元親衛隊メンバーが揃って『詫び状』を出しているのだから、だったら、そのリーダーである佐伯もそうするべきだ——と言わんばかりのプレッシャーをかけてくる。

そうすれば、何もかも丸く収まる。……みたいな。

（くっそぉ……）

そんなの、おかしいだろ？

非常識だろ？

哲史とやり合って以後、佐伯に対する風当たりが緩《ゆる》んだことはないが。ここに来て、一気に爆風《ばくふう》になったような気がしてならない。

足下《あしもと》を凝視したまま、佐伯はガッガッと歩く。

――と。

「佐伯君ッ」

不意に名指しされて、ドキリと足を止めた。

条件反射のように視線をやると、そこには数人の男女がいた。

（誰だよ？）

ザッと見渡した顔ぶれの中に、佐伯の知った顔はなかった。

「――何？」

不機嫌《ふきげん》丸出しな声で睨んでも、彼らはビクつきもしなかった。

それどころか、妙に険しい顔つきでドカドカと詰め寄ってきた。

「ちょっと、聞きたいんだけど」

いかにも勝ち気そうな女子が、まず口火を切った。

「何を？」

「元親衛隊のゲタ箱レターのこと」

その瞬間。ズキズキと疼きしぶるモノを逆撫《さかな》でにされたような気がして、佐伯の眦《まなじり》が吊り上がった。

「それが、何？」

ぞんざいな口調に、怒《いか》りがこもる。こんなところで呼び止められて、なぜ、そんなケタクソ悪い話をしなければならないのかと。

「それって……佐伯君も絡んでるの？」

「はぁッ？」

まるで的外れなことを、さもありがちのような口調で詰問《きつもん》されて、佐伯のトーンも跳ね上がる。

「絡んでるって、何が？」

「だから、ゲタ箱レターよ」

「おまえ――誰？」

人を名指ししたきり名乗りもしない女子に、佐伯は眼力《めぢから》を込める。それを真っ向から睨み返した女子が、

「――大津よ」

低く、名乗ると。佐伯は、わずかに口の端を歪めた。

「あー……杉本先輩を卑怯者呼ばわりにした張本人な」

クラス違いの、しかも女子の顔など知らなくても、

『一年五組の大津七海《ななみ》』

と、言えば。今や、全校で知らない者はいない超《ちょう》有名人だ。哲史を卑怯者呼ばわりにして龍平の激怒《げきど》を買った『バスケ部のバカ女』だからだ。

ちなみに。佐伯は、哲史に因縁を吹っかけて翼にシバき倒された『男子テニス部の恥曝し《ド阿呆》』である。

バカと、ド阿呆。

――類友である。

しかし。沙神高校の『超絶美形《カリスマ》』と『天然王子《プリンス》』を激怒させた類友《バカヤロー》に変わりはないが、そのあとの対処法を間違えなかったおかげで、佐伯は少なくとも『根性ナシのビビリ』にならずに済んだ。

何を言われてもメゲずに堂々と恥を曝し続けたので、大津のように号泣三昧《ざんまい》で恥の上塗《うわぬ》りをした挙げ句に部活を辞《や》めるハメにならずに済んだ。

目くそ鼻くそを笑う――わけではないが。佐伯的には、自分は五組みたいなノーナシではな

いと思っていた。

佐伯には確固たるプライドとそれを実行する根性はあるが、出たとこ勝負の五組の連中にはそれがない。やったことは大して変わらない『サイテー』なこと(…佐伯はいまだにそれを認めようとはしないが)でも、その差がある限り、自分の方が奴らよりはマシ——だと。

佐伯にあからさまに揶揄《やゆ》られて、大津は、片頰《かたほお》をわずかに引きつらせた。更には、

「つーと、おまえら、五組の根性ナシのビビリ君?」

ついでのオマケのように嘲《あざけ》られて、ほかの者たちもザックリ顔を強ばらせた。

それを見て、佐伯の溜飲《りゅういん》も少しは下がった——が。

「——で? 五組の根性ナシが揃って、俺に何の用だってぇ?」

ここまできたら遠慮もクソもないかのような佐伯の挑発《ちょうはつ》は止まらなかった。

「そういう言い方って、ないんじゃない?」

大津の口調にも、アリアリと険がこもる。

「そうだよ。人のこと、アレコレ言えるわけ?」

「おまえだって、自己チューのド阿呆だろ」

暴言には、罵倒《ばとう》。

嘲笑《ちょうしょう》には——毒。

挑発はエスカレートする。

「だから？　俺は自己チューのド阿呆かもしれないけど、おまえらみたいなエーカッコシーの偽善者《ぎぜん》じゃねーし」

——瞬間。

五組の面々は一斉《いっせい》に気色ばんだ。彼らが絶対に認めたくないその言葉を、実質、哲史に怪我までさせた佐伯の口から聞かされることは憤怒《ふんぬ》に耐《た》えなかった。

だが。ここで売り言葉に買い言葉で佐伯の挑発にのせられてしまったら、さすがにヤバイというストッパーがかかる。みんなしてバカにするが、彼らだって、そのくらいの学習能力はちゃんとあるのだ。

わざわざ、佐伯に喧嘩《けんか》を売りに来たわけではない。それを確認《かくにん》するかのように互《たが》いの顔を見合わせ、本来の目的を思い出す。

「佐伯君。あたしたち、喧嘩を売りに来たわけじゃないから」

「ンじゃ、なんだ？」

「知りたいのよ。なんで、高山君たちがあんなことをしたのか」

「なら、高山に聞けよ。クラスメートだろうが」

その方が、よほど早い。

なのに、わざわざ佐伯にそれを確かめに来る——理由。

（もしかして緊急クラス会で、高山とこいつら、なんかトラブったのか？）

今になってもいっこうに漏れてこない緊急クラス会の片鱗を、ほんの少しだけ感じ取ったように思う佐伯だった。

「高山だけじゃないから、佐伯に聞いてるんだよ」

「元親衛隊のメンバーが復学したとたん、みんなしてゲタ箱レターなんて……おかしいよ」

彼らだけではない。当事者以外、皆がそれを疑問に思っているはずだ。

いったい、なぜ？

いきなり、どうして？

――何のために？

「あれって、やっぱ、示し合わせてたってことだろ？」

「だから、なんで、それを俺に言うわけ？」

「だって、佐伯君、リーダーじゃない」

「そりゃ、いつの話だッつーの。つーか、おまえらと、いったい何の関係があるんだよ？」

「知りたいからよ」

「ゲタ箱レターの中身をか？」

「違う。なんで、そんなことをするのかをよ」

（ンなもん、俺だって知りたいぜ）

今更――なぜ？

今になって、哲史に媚《こ》びる――意味。

その理由こそ、佐伯は五組の連中に聞きたかった。

緊急クラス会で何かがあったからこそ、高山はああいう突飛《とっぴ》な行動に出たに違いない。

だから――どうして？

すべての謎《なぞ》を解く鍵《かぎ》は、そこ、に、あるのではないのか。

――で、ハタと思いついた。

「ンじゃあ、さ。等価交換《こうかん》でいこうぜ」

「……え？」

「おまえらが欲しがってる答えと引き換《か》えに、おまえらも情報を寄こせよ」

「情報って？」

「そりゃ、緊急クラス会のケジメの付け方に決まってンだろ」

――と。あれほど舌鋒《ぜっぽう》の鋭《するど》かった連中が一瞬……黙《だま》り込んだ。

（ふーん……。なんか、スゲー訳あり？）

だったら。ぜひとも、それを知りたい。

翼は、何を。

哲史は、どこを。

龍平は、どんなふうに。

りたい佐伯だった。

あの三人組は、いったい何をどう語ったのか。

全容でなくてもいい。三人が口にした言葉がどのようなものだったのか、最低限、それを知りたい佐伯だった。

しかし。

「それって、つまり、佐伯君は高山君から何も聞いてないってことだよね？」

痛いところを突かれて、内心、佐伯は舌打ちする。

「もしかして、佐伯君――ハブなの？」

その言いざまには、さすがにムッとした。

「俺がハブじゃなくて、あいつらがノーナシなんだよ」

つい、ポロリと本音がこぼれた。

「じゃ、佐伯君、ゲタ箱レターの仲間じゃないんだ？」

「なんで、今更、俺があいつに媚びなきゃならねーんだよ」

「だったら、佐伯君は……杉本先輩に怪我させたこと、どう思ってるの？」

「だから、交換条件だって言ってンだろ」

「佐伯君一人とあたしたち全員じゃ、ぜんぜん等価交換じゃないよ」

「そうだよ」

「一対三十五じゃな」

「まるっきり、あたしたちの方が不利じゃない」

ぜんぜん釣り合わない。口々にそれを言い出されて、さすがに佐伯も分が悪い。

だが。ここまで煽られて何もなしでは、気分的にスッキリしない。

「じゃあ、大津、おまえの分だけでいいよ」

「あたし？」

「そうだよ。女子バスケ部のバカ女と、男子テニス部の恥曝し——だったら、充分バランスが取れてんだろ」

大津は、露骨に嫌そうな顔をした。

「そんなの、あたしの方が分が悪いに決まってるじゃない。だって、佐伯君にはテニスが残ってるけど、あたしはもう戻れないんだから」

自嘲《じちょう》と言うにはどこか悔《くや》しげに、大津がそれを口にする。

「だから……いい。佐伯君がハブなら、これ以上話しててもしょうがないし」

「おい、大津」

「じゃあ、ね」

大津がそれを言うと、五組の連中はこぞって背を向けた。

一人取り残されてしまった佐伯は、その後ろ姿を無言で見送りながら、

（だから、なんだッつーんだよッ！）

訳のわからない焦燥感《しょうそう》が込み上げてくるのを感じないではいられなかった。

◆◇◆◇◆

「あーあ……当てが外れちゃったよな」

「そうだね」

「絶対、佐伯が一枚噛んでると思ったのにな」

「でも、ちょっと……ビックリ」

「何が？」

「佐伯君って、ハブなんだ？」

「ホント。親衛隊のリーダーだったのにな」

「なんか、高山君たち不登校組とはきっぱり別口――みたいな口ぶりだったよね」

「佐伯君、風当たりが相当強かったみたいだし？」

「やっぱ、一人だと、そうなっちまうんだなぁ」

「だから、あんなにヒネくれちゃったのよ、きっと」

「そうよ。だから、あたしたちも頑張らないと」

大津がそれを言うと、皆が一斉に力強く頷く。

バッシングなんかに負けていられない。

自分たちは、暴言と失言の責任を取らされただけなのだから。クラスメートとしての在り方が間違っていたわけじゃない。

けれども。親は……恥をかいたと思っている。

――いや。

かかなくてもいい恥をかかされたと思っている。自分の子どもと同じぐらいの歳の子どもに屈辱《くつじょく》的な言葉を吐かれ、面罵《めんば》されたことが悔しくてならないのだ。

ある意味、あの三人組の主張が事実以外の何物でもないとあの場で暴露《ばくろ》されたから。それを裏付ける、生徒会執行部会長と副会長の存在も大きかった。

誰が、何を言った……だの。

それは、違う……だの。

だったら、どうする……だの。

自分の体面を気にして責任を擦《なす》り付け合う親たちは、ただのヒステリー集団だった。

なぜ、黙っていたのか――と、家に帰ってからもさんざん詰《なじ》られた。もっと早く対処できていれば、こんなことにはならなかった――と、懇々《こんこん》と説教もされた。

親たちは自分たちの気持ちを理解してはくれなかったし、その集団行動をただ否定するだけだった。

緊急クラス会をやるのだと息巻いていたのは親の方であって、自分たちがやってくれと頼んだわけではないのにだ。

あの三人組を吊し上げる気マンマンだったのに、その予定が狂って『バカ親』呼ばわりされたことに憤《いきどお》っている。

その反面。自分の子どもの学校生活も満足に把握できていない『ダメ親』と嘲《あざけ》られて、忸怩《じくじ》たる気分に陥《おちい》っているのかもしれない。

そんな親を横目で見ながら、酷《ひど》く冷めた気分になった。

自分たちは、間違ってはいない。ただ、そのやり方を間違えただけで。

自分のためではなく、誰かのために……。

その気持ちの根底にあるモノは誰にも穢《けが》せない。誰にも――否定させない。

だから。

自分たちは知る必要がある。

緊急クラス会で、まるで自分一人だけが被害者《ひがいしゃ》であるかのようにヒステリックに皆を糾弾《きゅうだん》した高山が、どうして、哲史に手紙を出したのか。自分たちには、その理由を知る権利があるはずだ。

なのに。自分たちの厚意を踏《ふ》みにじり、感情を逆撫《さかな》でにする高山の真意を見極《みきわ》めたい。

頑《かたく》なに。高山は自分たちを無視する。

――冷ややかに。

自分たちを視界の中から排除《はいじょ》しようとしている。

全校生徒から『根性なし』だの『ビビリ』だのと、笑いモノにされているこの現状を打破するにはクラスが一丸となって乗り越えていかなければならないというのに、高山は一人だけスタンドプレイに走ろうとしている。

その『理由』も語らないまま、クラスメートを斬り捨てて親衛隊のメンバーに迎合《げいごう》しようとしている。

――だから。

だから、佐伯に話を聞いてみようと思ったのだ。

親衛隊のリーダーであった佐伯ならば、高山たちの理解できない行動の真意がわかるかもしれないと。

だが――無駄だった。

弾《はじ》かれているのは自分たちだけではなく、佐伯も同じだった。

（結局、他人に頼るなってことなのよね）

それを思って、大津は、まっすぐ前を見据《みす》えて歩き出した。

＊＊＊＊　エピローグ　＊＊＊＊

その日。

二年三組の五時間目は体育であった。

なので。一クラス丸ごと弁当派——などという、他クラスから見れば異質な（…ある種のヤッカミも込みで）ランチ・タイムはいつもより十五分ほど早く終わった。クラスメートたちの声なき嘆《なげ》き（…ほぼ女子の）を孕《はら》んで。

◆◇◆◇◆

哲史が三組四組の男子ともどもロッカー室で着替えを済ませて体育館にやってくると、そこには、すでにワインレッドのジャージの一団がいた。三年生である。

ちなみに。哲史たち二年生の学年カラーは濃紺《のうこん》である。一年生は、緑。

「おい。今日は三年も体育館？」

「聞いてねーよぉ…って感じ」

「コートの真ん中、チャッチャとネットで仕切ってあるし。やること、早ぇ……」

「まっ、外は雨だしな」

「もしかして、バスケ？」

「……かもな」

「右半分は俺らでバレー、左半分は三年でバスケかぁ」

「つーか、おい。あの一番デカくて目立つ奴、バスケ部の主将だろ？」

「そうそう。黒崎先輩。ヤッパ、デケー……」

「ワッ。執行部会長の藤堂さんもいる」

「なんか、二人並ぶと迫力《はくりょく》ぅ……」

「ホント。違う種類の威圧感《いあつかん》垂れ流し……だよな」

ヒソヒソというにはやけにテンションの高いクラスメートたちの会話越し、哲史も、件《くだん》の二人を交互《こうご》に見やる。

（へぇー……バスケ部主将と生徒会長って、もしかしてクラスメート？）

男女とも、体育は二クラス合同でやる。もしもクラスメートでなければ一クラス違いということになる。実際、二人が三年の何組であるのか、哲史はまったく知りもしないが。

以前は、生徒会長の藤堂など自分とはまったく関わりのない、謂《い》わば雲の上の存在だった。

あんな事件が起こらなければ、たぶん、一般生徒と同じように遠巻きにそっと眺《なが》めているだけだったろう。

それでも。哲史にとっては、黒崎も藤堂も『ただの先輩以上、顔見知り未満』——というところだ。まぁ、向こうの認識はどうだかわからないが。

そんな二人が顔を突き合わせて密談中というのも、何やら、もの凄《すご》く悪目立ちをしているような気がする哲史だった。

◆◇◆◇◆

外は、雨。

本来、藤堂たちの五時間目はグラウンドでソフトボールだったが。急遽《きゅうきょ》、体育館でのバスケットボールになった。

クラスの体育委員でもある黒崎が、勝手知ったる手際《てぎわ》のよさで用具室からボールの入ったカゴを一台引き出すのを手伝いながら、藤堂は、

「——で？　結局、どうなんだ？」

話を振る。

一応、クラスメートとして日常会話はするが。筋金入り体育会系の黒崎と総務部系一筋の藤

堂では、まったく会話の接点がない。要するに、それほど親密ではない黒崎とちょっと込み入った話をするのは、実は初めてな藤堂であった。

だからといって、別にドキドキもしなければソワソワもしないが。

「藤堂……。おまえなぁ、あの市村が部活中に、そんなことをペラペラしゃべくり倒すと思ってンのか？」

言われて、ハタと考える。部活中の龍平の様子など、まったく予想も付かないことを。

噂によれば。

『天然脱力キングはコートに入ればまるで別人』

――とか、聞いたことはあるのだが。龍平の独特なまったり感を見慣れた藤堂には、どうにも、その別人の雄姿《ゆうし》が想像しがたい。

「いや、ペラペラ…っつーか。別に、ポロリ…でもいいんだけど」

だから、ゲタ箱レターのその後――である。

ここ一連の事件に龍平がしっかり絡んでいる分、他の連中よりも切実に、黒崎もまったくの無関心ではいられないだろうと思っていたのだが。

「――ねーよ」

黒崎は、実に素っ気なかった。

「まったく？　ぜんぜん？」

「インターハイ予選前だぞ。よけいなことに気を取られてる余裕なんかあるかよ」

（そりゃ、まぁ、そうだよな）

アレやコレやのなんだかんだで、これまでの経緯《けいい》を思えば、本格的に県大会が始まる前に一応でもスッキリとカタが付いて、男子バスケ部主将として心底ホッとしているに違いない。今更、ほんのわずかでも蒸《む》し返されたくはないのが黒崎の本音だろう。

更には。

「そんなこと、わざわざ俺に聞くより、鷹司に聞いた方が早いんじゃねーか？」

しごく真っ当なことを言う黒崎であった。むろん、あくまでパンピーとしての見解によれば……だが。

「慎吾は、静観だそうだ」

「……へぇー」

「それは、どういう『へぇー』なんだ？」

「はぁ？」

「だから。『へぇー、ビックリ』なのか。『へぇー、やっぱり』なのかってこと」

「どっちかって言うと。『へぇー、意外』……？」

「なんで？」

「俺は、鷹司はあいつら……特に杉本とはけっこう親密だと思ってたからな」

（ほらな。やっぱり、そうなんだって）

いくら鷹司が否定したところで、そこらへんは皆、きっちりと刷り込みが入っている。何といっても、ゲタ箱レターが始まる前の、鷹司と哲史の『放課後のツー・ショット』が駄目押しできているからだろう。

「だからって、鷹司が杉本を依怙贔屓《えこひいき》するに決まってる……みたいな話は、ありえねーだろ、それ——とか思うけどな」

少なくとも、鷹司の為人《ひととなり》を知っていれば——だが。

「俺も、被害妄想《ひがいもうそう》な一年の頭は腐ってンなぁ……とは思ったぞ」

「ブッちゃけ言っちまうと。おまえら、いいかげん懲《こ》りろよ……だろ？」

黒崎の口調にも険がこもるのは、しょうがない。この問題が尾を引く限り、男子バスケ部としてはハラハラ・ドキドキ・イライラ——なのだろう。

「女子部の例の一年、退部したって？」

「あー……」

「そっちはきっちりケジメ付いて、白河もホッとしてるんじゃねーか？」

「まっ、いろいろ後始末は大変そうだがな」

「——そうなのか？」

「市村の影響力って、マジ、ハンパじゃねーから」

「蓮城は、はるかその上を行くぞ」

実感《リキ》を込めてそれを言うと、

「そりゃ、蓮城の威圧感丸出しなあの顔と声で名指しされたら、誰でも凍るだろ」

黒崎は、どんよりとため息を漏らした。

それで、ふと、藤堂は思い出した。翼に名指しされて瞬間フリージングしてしまった高山のビビリ顔を。

(もしかして、ネックになってんのはそっちか?)

誰もが呆然絶句のゲタ箱レター。

高山だけではなく、いつの間にか、ひっそりと復学してきた元親衛隊メンバー全員が……という驚き。

よくよく考えてみれば、事の発端《ほったん》は親衛隊なのだ。それも、派手に翼にシバき倒された翌日からごっそり……不登校をやらかしてくれたのだから。

高山たちの気持ちの整理がどうしてもつかない——理由。

ゲタ箱レターの中身よりも、そちらの方がよほど気になる藤堂であった。

——と。

「おい、藤堂。杉本だ」

「……はぁ?」

(なんだ？　その、取って付けたようなジョークは。寒すぎるぞ)

思わず目を眇《すが》めた藤堂に、黒崎は顎《あご》をしゃくって促す。その視線の先に、哲史がいた。

(マジ、か？)

さすがに、驚いた。

まさか、今の今、濃紺ジャージ姿の哲史が同じフロアにいるとは思いもしなかった。

「あいつらも、五時間目は体育館か」

早々と、可動式ブルーネットのパーティションで体育館のフロアを天井から半分に仕切ってコートを確保したのは黒崎だが。どうやら、二年生の授業はバレーボールらしい。

「相変わらず細っせーよな、杉本」

そりゃあ、ゴール下のダンプカー呼ばわりされている大男――黒崎から見れば、たいがいのパンピーは脆弱《ぜいじゃく》に見えるかもしれない。

「顔も身体も、チマッとした小作りだし」

確かに、あの顔と体形では押し出しはきかないだろう。

だが。

――しかし。

「なのに、あいつ、最強のパンピーなんだよな」

そうなのだ。沙神高校の双璧《そうへき》を両腕にまとわりつかせて、いつでも、どこでも平然と歩いていられるのだから。

けれど、鷹司は。その『パンピー』な部分はあくまでも擬態《ぎたい》に過ぎないのだと、キッパリ明言した。

「なぁ、黒崎」

「……なんだ？」

「おまえ、杉本が特大のネコを被《かぶ》ってるように見えるか？」

「特大のネコ？　なんだ、それ」

「だから、あれがネコじゃなくてトラに見えるかって話」

「トラ？　ますますわかんねー……」

「——だろ？」

藤堂だって、鷹司の言葉が意味不明だ。

「だから、何が？」

「慎吾がな。杉本の本質ってトラなんだけど、今はネコに擬態してるって言うんだよ」

「鷹司が？」

「そう」

正しくは。哲史はただのパンピーではなく、今は擬態しているだけ——と言ったのだが。

「あれがトラなら、鷹司はサーベルタイガーで、おまえはTレックス？　市村なんか、思考回路はすでにエイリアンだぞ」

さりげに暴言を吐きまくる黒崎は、いたってまじめ顔だ。

(俺がティラノサウルスなら、おまえはキングコングで、蓮城は間違いなくゴジラだな)

そんなふうにサクサクと想像できてしまうのも、なんだかなぁ……と思う藤堂であった。

「けど、慎吾は杉本の中学時代を知ってるからな。そりゃ、ねーだろ……とか思っても、簡単に笑い飛ばせねーんだよ」

だから、どうしても違和感だけが残る。

「中坊《ちゅうぼう》の杉本……か」

「興味ある？　もしかしたら、子ネコじゃない大トラな杉本に」

「いや……まったく。市村だけで手一杯《ていっぱい》」

「正直者だな、黒崎」

何の含みもなく、わずかなため息まじりにその言葉が藤堂の口を衝《つ》いて出た。

◆◇◆◇◆

(ワッ……なんだろ。藤堂さんと黒崎さん、さっきから二人してずっと、こっちを睨んでるんだけど)

もしかして、コートの場所取りにでも不満があるのか？

それとも。何か——誰かに一言あるとか？

そう思って、さりげなく右に左に視線を振ってみると。哲史の思っていることを正確に汲《く》み取ってくれたらしいクラスメートたちは揃って、ほんのわずか目を見開きざま、ブンブンと頭を振った。

——いや。それどころか、返す目で、じっとりと哲史を名指す。

（……俺？）

そうなのか？

——やっぱり。

まぁ、あの二人と点と線で結ばれた関係者と言えば、哲史しかいないわけだが。

それを思って、どんよりとため息を呑み込むと。

「ゲッ。生徒会長が、こっち来る」

「……ウソだろぉ」

「うわッ、マジか？」

「……スゲー」

にわかに周囲が浮《う》き足立つ。

ゆったりとした足取りで、藤堂がまっすぐ歩いてくる。視線は、カッチリと哲史を搦《から》め捕《と》ったままで……。

（あー……。マジですか、藤堂さん？　五時間目始まる前に、あんま、スキャンダルのネタは提供したくないんですけど）

とは、思いつつ。

今更、ぎくしゃくと目を逸《そ》らすのも、これ見よがしに場所を移動するのも『なんだかなぁ』だったりするので。とりあえず、哲史の視線も揺らがなかった。

（――けど。藤堂さんのお目当てが、まだ、俺だと決まったわけじゃないよな？）

たぶん。それは、単なる悪あがき……なのかもしれないが。

そんな無駄なあがきを蹴り潰すかのように、哲史の目と鼻の先で、藤堂の足がピタリと止まった。

「よぉ……」

口火を切ったのは、藤堂だ。

「こんにちは」

哲史がきっちり頭を下げると。一瞬、周囲がざわついた。

「おまえらのコート、半分ブンどっちゃって悪いな」

いや。それを俺に言われても……と思いながらも。

「藤堂さんたちは、グラウンドから体育館に変更《へんこう》ですか？」

話を合わせるしかない。藤堂がわざわざそれを言ったのは、たぶん、本題に入る前の口慣らしだろう。

「まぁ、な。今日は雨で使えないから、とりあえずバスケのゲームに変更ってとこ」

「そうですか」

「バスケなら、黒崎がいるから融通《ゆうずう》きくし、手間もかからないからな」

三年生の授業内容がどんなふうになっているのか、わからないが。体育館慣れしたバスケ部主将がいれば、グラウンドから急遽《きゆうきよ》変更になっても慌《あわ》てふためく心配はないのかもしれない。

早々とコートの真ん中を仕切ったブルーネットにチラリと目をやって、哲史は今更のようにそれを思った。

「藤堂さんと黒崎さんは、同じクラスなんですか？」

「あー……」

「二人が並んでると迫力だって、みんな言ってました」

――と。一斉に、

『何を言ってるンだぁ、杉本ぉぉぉッ』

ばりに、声なきウエーブが立つ。

「悪目立ちとか？」

「違いますよ。視界の吸引力ですって」

「まっ、おまえらには負けるけどな」

藤堂がサラリと口にした含みなど、周囲の者たちには丸わかり……。

「ハハ……。俺一人だけ、ずっぽりと谷間ですけど」

それは、誰の目にも一目瞭然《りょうぜん》の事実だった。

「その谷間が最強……って、感じ？」

口の端で藤堂が笑う。それで、とりあえず口慣らしは済んだのか。

「ちょっと、聞いていいか？」

わずかにトーンを落として、スッと切り込んできた。

「何をですか？」

「ン―……」

ほんのわずか言葉を濁《にご》して。藤堂は、チロリと左右に視線を振る。

――とたん。

今の今まで、ひっそりと息を詰めて二人の会話に耳ダンボだった者たちは、その意味するところに気付いて。まるで蜘蛛《くも》の子を散らすように……いや、ぎくしゃくとドタバタ、一斉に哲史の周囲から散った。

そんなことを平然とやってのける藤堂が、哲史は呆れるというよりもなぜか笑えてきた。

「藤堂さん、それって……露骨すぎです」

「そぉか？」

「そういうとこ、翼と張ります」

瞬間。藤堂は、何やら複雑な顔をした。

「それは……あんまり嬉しくない」

それが藤堂の本音以外の何にも聞こえなかったものだから、哲史は思わずプッと噴《ふ》き出してしまった。

「おい、杉本。それって、おまえ、失礼すぎだろ」

ひとしきり肩を揺らして。

込み上げる笑いを噛み殺して。

それからゆっくり、哲史は上目遣《うわめづか》いに藤堂を見上げた。

「藤堂さんって、見かけによらずお茶目なんですね」

今度こそ、藤堂はガックリと脱力した。

（あー……マズイ。つい、口がすべっちゃったよ）

面と向かって藤堂と話をするのは、これが二回目なのに。しかも、二人で……というのは初めてだ。なんだか……調子が狂う。

それもこれも、生徒会長という厳《いか》めしげな肩書きの隙間《すきま》から、翼と同類の匂《にお》いが漂《ただよ》ってくるからだ。

強くて。

硬くて。

ピカピカ……。

なのに、どことなく柔らかい。

「すみません。あー……その、俺に聞きたいことって？　なんですか？」

「ゲタ箱レター……」

ガツン……とは言えないまでも哲史のヘナチョコパンチを喰《く》らって、藤堂の口調も、心なしか張りが抜けてしまっている。

「はぁ、やっぱ、それですか」

「やっぱりって……。ほかの誰かにも聞かれたのか？」

「まぁ、それなりに」

さすがに、あとの祟《たた》りを畏《おそ》れてか。面と向かってその話を哲史に振ってくるような命知らずな生徒《チャレンジャー》はただの一人もいないが、担任の久保《くぼ》にはそれとなく聞かれたし、一学年主任の結城にもさりげなく聞かれた。

手紙の内容と、その後始末の仕方を。

だから。哲史は正直に答えた。

手紙は『開封していない』こと。

今のところ『その気もない』こと。

なので、後始末など『何も考えてはいない』こと。

久保も結城も、もっと、何かを言いたそうだったが……。

『俺の靴箱は苦情処理の受付窓口ではないので』

それを口にすると、ため息まじりにどんよりと黙《だま》り込んだ。

「藤堂さんは、どうしてそれを知りたいんですか？」

「まぁ、言ってみればオブザーバー的興味？」

あえて、サックリと『オブザーバー』と言ってのけるところに、藤堂の哲史に対する距離感が垣間見《かいまみ》える。

「降りかかってきた火の粉をどういうふうに払《はら》うのか、気になって」

「藤堂さんは、ケジメって言わないんだ？」

「ケジメは、もうついてるだろ？」

正面切ってそれを言われたのは初めてだ。

「今更、蒸し返す必要なんかないと思ってるからな。あれはアレ、これはコレ。そしたら、やっぱり、火の粉だろ？　だから、払い方に関心がある」

「やっぱ、藤堂さんって正統派なんだ？」

哲史の思っている正統《それ》と、藤堂の正当性《それ》とは、もしかしたら若干《じゃっかん》違っているかもしれないが。

ふと、それを思ったとき。

「お茶目で、いいだろ？」

ニコリともせず、ソッコーで藤堂が切り返してきた。

その悪びれない潔《いさぎよ》さは、やはり翼と相通ずるものがあって、哲史は唇の端をやんわりと綻《ほころ》ばせた。

「降りかかる火の粉をいちいち払うのも面倒なんで、俺的にはスルーでいいかなと」

聞かれないことを自分からしゃべくり回す気はないが、真摯《しんし》に問われれば、それなりの対処をするのが哲史流である。

「へぇー……そうクルか？」

「藤堂さんのご期待に添《そ》えなくて残念ですけど」

「いや、残念でもない」

「そうなんですか？」

「杉本的にどういう選択をするのか、それに興味があっただけだからな」

「ある人に、選択は二者択一じゃなくて、価値観の優先順位だと言われたんです」

「……え？」

「ゲタ箱レターがあいつらの最優先であっても、俺には、そうじゃない。だから、手紙を読まないと決めても、それは俺の中の優先順位であって、あいつらの気持ちまで完全否定することじゃない。だったら、それはそれで構わないんだと言われました」

藤堂は一言も口を挟まず、ただじっと耳を傾《かたむ》けている。

高山たちがゲタ箱レターを書くことで気持ちの整理がつくというなら、それでもいい。だからといって、変な期待をされても困るが。

「その人って……誰？」

「翼のお父さんです」

藤堂は小さく目を瞠《みは》った。

「弁護士やってる？」

「そうです」

「そっか……。なんか、目からウロコな名言だな」

何の含みもない藤堂の称賛《しょうさん》が、嬉しい。

「でしょう？　翼とは別口ですっごく頼《たよ》りになる大人《おとな》なんです。優しくて、美人で、もうメチャクチャ……カッコイイんです！　普段は甘々なお父さんなんですけど、仕事人モードに入るとデキル男が背広《スーツ》着て歩いてるって感じなんです」

「そう……なのか？」

「ハイッ。藤堂さんもお父さんに会ったら、一発でメロメロになると思います」

力一杯《ちからいっぱい》、キッパリ、しっかり即答する哲史を、なぜか――藤堂はわずかに引きつったような顔で見ている。

（あ……えっ……とぉ……。俺、なんかマズイこと言っちゃった？　藤堂さん、思いっきり引いてるような気がするんだけど……）

――と、そのとき。

昼休み終了《しゅうりょう》のチャイムが鳴り響いた。哲史と藤堂の、ちょっと気まずげな沈黙に活を入れるように。

「じゃ……あの、チャイム鳴ったんで……」

「あー……そう、だな」

「ゲーム、頑張ってください」

「そっちもな」

「はい」

ペコリと頭を下げた哲史の顔は、わずかに火照《ほて》っている。今頃になって、熱く語ってしまった羞恥心《しゅうちしん》が哲史の頭の中をグルグル回っている。

（なんか……スゲー恥ずかしい）

そんな哲史がクラスメートの方へ歩き出すのを、藤堂は、しばし凝視していた。身じろぎもせず、ただじっと……。

あとがき

こんにちは。

大雨のあとは連日の猛暑《もうしょ》で、朝っぱらから汗《あせ》だくで頭煮《に》えそうな吉原です（笑）。それを煽《あお》るかのように、セミの大合唱がまたスゴくて。ダレダレですぅぅ……。

さて。『くされ縁』も五巻目ということで、前回の『緊急《きんきゅう》クラス会』のケジメの付け方はいかがでしたでしょうか？

目に見える事実はたったひとつでも、そこに至るまでの真実は人の数だけある——ということで。きちんと自分の言葉で主張しない奴《やつ》には愚痴《ぐち》も垂れる資格はないけど、自己主張ばかりして自己責任を放棄《ほうき》する連中は、きっと、いつかどこかでそのツケを払《はら》わされるモノだと思います。

あー、そういえば。学校に非常識なクレームばかりを付ける保護者のことを『モンスター・ペアレンツ』と言うのだそうです。なんとまぁ、ドンピシャな凄《すご》いネーミング（苦笑）。

このところ……というか、相変わらず踏《ふ》んだり蹴《け》ったりなトバッチリ三昧《ざんまい》な哲史君ですが、そういうトラブルが逆に人間性を磨《みが》くチャンスでもあるので。両極端《りょうきょくたん》に弾《はじ》けきった幼馴染《おさななじ》み二人を両腕《りょううで》にまとわりつかせたまま、最強のパンピーを極《きわ》めてもらいたいものです。

あ……そうそう。前回、鼻先にニンジン状態（笑）だった『くされ縁の法則③・独占欲のスタンス』のドラマCDも発売になりました。

ラブラブな哲史&翼、掛《か》け合い漫才《まんざい》な藤堂&鷹司、それでもって今回は天然脱力《だつりょく》キングな龍平君の大魔神《だいまじん》ぶりがお聴《き》きいただけます。オマケ特典は、キャスト・コメントでっす。『くされ縁』では初めてのことですよね。最後のオチが、サイコー（笑）でした。

話は変わりまして。

今年も、自分に御褒美《ごほうび》（笑）ドラマCDをやってます。

えーと、まず。五月に第四弾《だん》『間《あい》の楔《くさび》 I』が出ました。新シリーズの二枚組（↑ここまで来たらもう怖《こわ》いモノなしです、ハハハ）で、今回はシナリオ付き♡です。文庫版にはないオリジナル部分もけっこう入っている（今更《いまさら》という気もしますが）ので、シナリオも同時にお楽しみいただければ嬉《うれ》しいです。

主要キャストの皆様《みなさま》は。

リキ＝伊藤健太郎《いとうけんたろう》さん。

イアソン＝大川透《おおかわとおる》さん。

カッツェ＝三木眞一郎《みきしんいちろう》さん。

ラウール＝黒田崇矢《たかや》さん。

ガイ　＝鳥海浩輔《とりうみこうすけ》さん。
アレク　＝てらそままさき、さん。
――です。
今回はイアソンとリキの運命の出会い編（笑）です。これから時間軸《じく》に沿って最後まで――
もちろん、やりますッ！　まぁ、先は長いぜ……という気もしますが。
それから、第五弾『暗闇《サタン》の封印II・黎明編』が九月に出ます。二枚組（もう書く必要もないかも）でっす。ルシファー＆ミカエルの天上界ラブロマンス（？）完結編でございます。
主要キャストの皆様は。
ルシファー＆キース＝緑川光《みどりかわひかる》さん。
ミカエル　＝三木眞一郎さん。
ガブリエル　＝大川透さん。
ルカ＆アシタロテ＝千葉《ちば》進歩《すすむ》さん。
ダニエル　＝古澤徹《ふるさわとおる》さん。
アザゼル　＝黒田崇矢さん。
エドガー　＝内田《うちだ》直哉《なおや》さん。
ナタナエル　＝真殿《まどの》光昭《みつあき》さん。
――です。

どちらも、詳細《しょうさい》は『http://www.mee-maker.com』まで。

通販《つうはん》がメンドーだなぁ、と思われる方はアニメイトさんでもお求めいただけますので。よろしければ、ぜひ、お手にとって見て下さいませ♡。

いやぁ、ドラマCDは楽しいです。自分でも、なんでこんなに好きなんだろ……とか思いますが。当分、私の『萌《も》え』は止まりそうにありません。

——ということで。お仕事ともども、新しいことにもいろいろチャレンジできたらいいなぁ……と思っています。

などと言っているうちに、今年も早、半分が過ぎてしまいましたが。

それでは、また。

平成十九年八月　　　　　　　　　　吉原理恵子

くされ縁《えん》の法則《ほうそく》 5
情動《じょうどう》のメタモルフォーゼ
吉原理恵子《よしはらりえこ》

KADOKAWA RUBY BUNKO

角川ルビー文庫 R17-30　　14826

平成19年9月1日　初版発行

発行者――井上伸一郎
発行所――株式会社角川書店
東京都千代田区富士見2-13-3
電話/編集(03)3238-8697
〒102-8078
発売元――株式会社角川グループパブリッシング
東京都千代田区富士見2-13-3
電話/営業(03)3238-8521
〒102-8177
http://www.kadokawa.co.jp
印刷所――旭印刷　製本所――BBC
装幀者――鈴木洋介

ISBN978-4-04-434230-2　C0193　定価はカバーに明記してあります。

KADOKAWA RUBY BUNKO

角川ルビー文庫

いつも「ルビー文庫」を
ご愛読いただきありがとうございます。
今回の作品はいかがでしたか?
ぜひ、ご感想をお寄せください。

〈ファンレターのあて先〉

〒102-8078 東京都千代田区富士見2-13-3
角川書店 ルビー文庫編集部気付
「吉原理恵子先生」係